VERDUN

Né en 1968, Yann Moix est écrivain. Son roman *Naissance* a obtenu le prix Renaudot en 2013. *Verdun* est le troisième opus de sa tétralogie *Au pays de l'enfance immobile*, après *Orléans* et *Reims*. Il dirige la revue littéraire *Année zéro*.

Paru au Livre de Poche :

ANISSA CORTO
AU PAYS DE L'ENFANCE IMMOBILE
1. Orléans
2. Reims
LES CIMETIÈRES SONT DES CHAMPS DE FLEURS
CINQUANTE ANS DANS LA PEAU DE MICHAEL JACKSON
JUBILATIONS VERS LE CIEL
MORT ET VIE D'EDITH STEIN
NAISSANCE
PANTHÉON
PARTOUZ
PODIUM
ROMPRE
TERREUR
UNE SIMPLE LETTRE D'AMOUR

YANN MOIX

Verdun

Au pays de l'enfance immobile III

ROMAN

GRASSET

ISBN : 978-2-253-94163-7 – 1re publication LGF

Toute ressemblance avec des personnages ayant vécu, toute similitude de noms, de lieux, de détails, ne peuvent être que l'effet d'une pure coïncidence, et l'auteur en décline la responsabilité au nom des droits imprescriptibles de l'imagination.

Y. M.

À François Benichou,
ami d'enfance depuis dix ans.

Je vous construirai une ville
avec des loques, moi !

Henri MICHAUX

I

P.P.E.O.R.

1. – On nous rasa le crâne dès notre arrivée. La caserne Éblé, à Angers, abritait le 6e régiment du génie. Se jetant dans l'eau glacée pour montrer l'exemple à ses hommes, Éblé, qui venait d'être nommé commandant en chef, avait eu la lourde tâche de construire deux ponts afin que l'armée napoléonienne pût traverser la Berezina.

Levé aux aurores, j'avais quitté le squat où je vivais rue Louise-Michel, à Levallois-Perret. Le train m'avait déposé sur le quai d'une gare. Angers, comme Reims, comme Orléans, m'apparut comme une ville plate, floconneuse – défaite. À la caserne, je présentai ma convocation ; on me fit rejoindre le groupe qui allait séjourner avec moi durant trente jours de PPEOR (peloton préparatoire à l'école des officiers de réserve). Nous rejoindrions « à l'issue » nos écoles d'application : la mienne, à Draguignan (Var), serait celle de l'artillerie.

Je repérai un gros Toulousain, Jean-Alain Donbon, qui me rassura parce qu'il ne semblait pas rassuré. Son allure comique tranchait avec le décor Troisième République – les murs, les pignons, les rampants de briques ressemblaient à ceux de mon école du faubourg Saint-Jean à Orléans. La caserne était fidèle à la description qu'en avait faite Alfred Jarry, dans *Les Jours et les Nuits, roman d'un déserteur*. Tout, comme en un immense pensionnat, était anguleux, strict – sévère. Le drapeau français flottait au centre d'un parterre carré recouvert de gravillons : la place d'armes.

Je marchai sur un amas de cheveux ; un appelé du contingent en tenue sportive bleu ciel me passa la tondeuse sur le crâne. J'aperçus ma chevelure s'en aller par faisceaux virevoltants ; d'épais flocons moutonneux tombaient sur mes épaules, sur mes yeux, sur mon nez, sur mon torse. Nous étions dix, parallèlement tondus, assis sur des chaises de réfectoire. On ne parlait d'ailleurs pas de « réfectoire », mais d'« ordinaire ». C'est que ce cosmos possédait sa propre langue, ses mots de toujours, ses expressions consacrées ; un volapük sur mesure régissait les règles de la discipline, de la physique, différentes de celles en vigueur à l'extérieur (extérieur qui doucement s'abolissait, perdu dans d'inaccessibles limbes).

On nous mena « percevoir » notre paquetage chez le « fourrier ». Des caporaux et caporaux-chefs nous escortaient. J'étais en sueur. À grande vitesse, on prit mes mensurations ; j'eus beaucoup de mal à me figurer (davantage encore à accepter) que le soir même j'allais dormir ici, dans la même pièce que dix autres appelés, que sortir de l'édifice constituait une infraction à la loi, passible de prison. On me remit un survêtement bleu ciel ainsi qu'une paire de baskets à la semelle rachitique. Vinrent les treillis, deux neufs, un autre réservé au « PC » (parcours du combattant), ceinturon, pull-over, trois tricots de peau, casque lourd nanti de sa « salade de camouflage », casquette, poncho. Les rangers étaient livrées avec une boîte métallique de cirage noir, dont la forme rappelait le palet du hockey sur glace. Je reçus une gourde intitulée « bidon », un nécessaire de toilette, un jeu de gamelles en ferraille, des couverts percés d'un trou. Nous fut donné l'ordre de ranger ce matériel de manière réglementée dans un sac à dos sur lequel devait être distinctement inscrit notre nom. Une bande patronymique, assortie d'un Velcro, fut plaquée sur la veste du treillis : « Y. MOIX ».

Nous fûmes rassemblés sous un préau froid. Le téléviseur posé sur une table de pique-nique semblait venu d'ailleurs – un ailleurs situé loin dans l'espace, loin dans le temps. J'eus envie de pleurer. On nous fit mettre en rang. Debout dans les courants d'air, nous attendîmes longtemps – silence de tombeau. Trois rangs devant moi, de dos : Donbon, son cou taurin sur lequel je me concentrai, comme si déjà il était un ami. Le chef de corps, le lieutenant-colonel Hissart (cernes descendant jusqu'au milieu des joues, nuque dégagée, nez droit, regard d'aigle), nous souhaita la bienvenue « au pays des hommes ».

« La défense de notre belle patrie, tonna-t-il, la sauvegarde de nos libertés, le respect inconditionnel de notre honneur à tous constituent la raison d'être de l'armée française, à laquelle vous êtes *dès cette minute* redevables jusqu'à la fin de vos jours. Vous êtes ici pour servir, non pour vous servir. Je ne veux pas de pique-assiette dans mon régiment, la France ne veut pas de parasites en son sein. En pleine ère nucléaire, face au risque d'une apocalypse qui promet d'embraser le monde et d'emporter votre famille, votre petite copine, vos amis et vos animaux de compagnie, nous avons besoin d'hommes préparés pour faire face aux risques nouveaux. Nous ne sommes pas là pour faire de vous des foudres de guerre – cela fait déjà une poignée d'années que je ne crois plus à Papa Noël –, mais des soldats tout simplement prêts à donner leur vie, si besoin, pour la défense de leur patrie. Quitte à vous surprendre, j'attire votre attention sur le fait que le mot de "patrie" n'est pas un gros mot – du moins entre ces murs. Si ce concept pose un problème à l'un d'entre vous, qu'il sorte des rangs et qu'il le dise maintenant, il gagnera du temps et moi aussi.

« Dans un mois, vous apprendrez, chacun dans vos spécialités, à être de vrais combattants. La plupart d'entre vous deviendront officiers, au titre d'aspirants, puis de sous-lieutenants. En attendant, ici, sous ma responsabilité, vous allez apprendre à vous tenir et à tenir une arme, ce qui est la même chose. La menace est permanente. La guerre se gagne en temps de paix. Rompez les rangs ! »

Notre chef de section, l'aspirant Massard, assisté du caporal-chef Lucas, se présenta ; Massard affichait un an de moins que moi. Il avait quelques mois plus tôt suivi la même formation que la nôtre. Nous formions une section de quarante, répartie en quatre chambrées de dix lits. Donbon, qui me rassérénait toujours avec sa gouaille sudiste, était de mon dortoir, que nous partagions avec Duluc, Weulersse, Fanfani, Roubeuge, Ancan (que je connaissais de ma classe de mathématiques spéciales orléanaise), Lüsebrink, Ponsault et Vauquelin.

Massard nous expliqua que les « choses sérieuses » commenceraient dès le lendemain. Lucas nous apprit à faire notre lit « en batterie ». Après nous avoir intimé l'ordre de nous habiller du survêtement réglementaire, il fit sortir les quatre chambrées dans le couloir. Il nous prodigua le premier cours, consacré au salut. Dans un vocabulaire rustique (Lucas était titulaire d'un CAP en charcuterie), il nous expliqua, semblant y croire lui-même, que le salut ne symbolisait pas quelque soumission que ce fût à l'autorité, mais le rappel, immémorial, chargé de larmes, d'une fraternité partagée, d'un devoir permanent, d'un lien sûr entre le supérieur et son subordonné – dans le salut, le piou-piou et le général devenaient des égaux ; ils communiaient, main posée contre la tempe et paume ouverte au ciel – ce ciel des vies offertes à la nation. Ce geste disait les humeurs, les colères, les appétits de la guerre. Donbon éclata de rire. Il fut consigné en chambre, transmettant une onde de fou rire retenu qui nous secoua les os.

Lucas nous enseigna la science du garde-à-vous. Avant que de nous rendre à l'ordinaire, nous assistâmes au lever des couleurs. Un capitaine à la moustache 1900 fit son apparition ; je remarquai derrière son regard azuré, inflexible comme l'acier, une volonté d'incarner à lui seul toutes les formes de respect disponibles dans l'univers. L'autorité coulait en lui aussi naturellement que le sang dans les artères ; je l'imaginai se trancher la jambe, empêchant la montée du poison au cerveau, après qu'un cobra l'eut mordu. « C'est le capitaine Wittkovski. Votre capitaine », glissa discrètement Lucas. Wittkovski, l'air pénétré de guerre, s'avança accompagné d'un deuxième classe, le grenadier-voltigeur Pouilloux.

Dans un silence semblable à celui qui règne au recreux des coquilles de littorines, Wittkovski et Pouilloux se placèrent de part et d'autre du mât. Le capitaine, mâchoire serrée, les narines s'écartant au rythme d'un goitre de crapaud, porta le pavillon, coudes pliés ainsi qu'une équerre, sur ses avant-bras disposés à l'horizontale, bras joints au corps comme on porte la dépouille d'un camarade mort au champ d'honneur. Pouilloux, que le béret trop large semblait couronner d'une savate de slapstick, fixa le pavillon à la drisse. Toutes les troupes du régiment, à l'exception de notre section, formèrent alors, face au mât planté dans le ciel incolore, une ligne solennelle et impeccable.

Il était neuf heures moins cinq. Le lieutenant-colonel Hissart arriva dans une jeep conduite par un major – le major Silvestre ; il en sortit calmement puis, hiératique, ordonna le garde-à-vous. Le capitaine hurla : « Zenteeez Ôm ! » (« présentez armes ! »). Hissart lança d'une voix nette : « Attention pour les couleurs. » Un silence se fit. Le chef de corps regarda sa montre, leva la tête doucement : « Envoyez. » Le clairon sonna un air dont la tristesse, s'effilochant dans l'air cimenteux, me déchira le cœur. Pouilloux hissa les couleurs de la France jusqu'au faîte du mât. Le visage clos, je sentis mon corps passer au premier plan de mon être. À l'intérieur, enfermé, en boule, blotti contre les organes et les os, un petit enfant hurlait, battant des jambes et frappant des pieds contre mon thorax – j'étouffais ses cris.

2. – Lucas pénétra dans notre chambrée : « Fixe ! » Comme un seul homme, nous levâmes le menton, bombâmes le torse, fîmes claquer nos bras contre nos cuisses. L'aspirant Massard entra : « Repos. » Nous étions vêtus de nos treillis. Vérifiant, avec une *certaine* dureté – il s'agissait là d'une dureté jouée, interprétée, *apprise* –, si nos lits étaient impeccablement faits, il inspecta notre maintien. Fanfani se vit rectifier la position de son béret (trop évasé) ; le pantalon d'Ancan était trop lâche à son extrémité, l'élastique ne recouvrant pas – aux chevilles – les brodequins au niveau requis ; la bande patro de Lüsebrink partait de traviole ; Duluc n'avait pas ciré correctement ses rangers. Je passai entre les gouttes.

La section fut réunie dans la cour. C'était un dimanche comme je les haïssais : écrasé de soleil, de silence, un dimanche lourd de mort, sans mémoire ni horizon. Un dimanche solide comme le marbre – un éther d'agonie pure.

L'aspirant Massard nous faisait face ; il prit la position du garde-à-vous, talons joints. Ses rangers, d'un noir de galaxie, créaient entre elles un léger espace où eussent pu circuler les courants marins, tournées en dehors et non point rentrées comme les skis en chasse-neige d'un débutant paniquant sur une méchante pente. Ses genoux étaient tendus comme les yeux d'un masque de nô. Son corps sans graisse, long, noble, installé sur le réel ainsi qu'une borne kilométrique sur la route des vacances, se tenait d'aplomb sur les hanches, imperceptiblement penché en avant, les épaules effacées. Ses bras longeaient son corps avec une raideur de parpaing. Ses mains étaient ouvertes, subtilement tournées vers le monde ; ses doigts, joints comme les doigts des mains qui, à la même heure, dans l'église dont le clocher dépassait de l'enceinte, suppliaient le Seigneur. L'auriculaire, fidèle à la réputation que lui consacrait une immémoriale expression, se tenait « sur la couture du pantalon ». Massard portait haut la tête, la portait droite, son regard nous transperçait d'une même aiguille. Dans une avalanche de silence, son immobilité devint infinie.

Nous étions figés dans un cristal triste. La lumière roulait dans la cour, se frottait aux murs, laissait des morceaux de mer jaune sur le crépi cendré. Elle glissait sur nos joues, brûlante ; elle nous crevait les yeux. L'index droit de l'aspirant Massard frétilla : « À mon commandement… Ahû ! » – l'aboiement « Ahû » signifiait « garde-à-vous ». Nous ramenâmes, en une chorégraphie bancale, notre talon gauche contre notre talon droit. Nous redressâmes la tête pour prendre à notre tour la position du garde-à-vous. « À mon commandement… reprit Massard, repos ! » Je détendis la jambe gauche, à l'imitation de tous, qui eux-mêmes m'imitèrent, prenant soin de laisser mon pied droit ancré dans le bitume, à la place qu'il occupait, qu'il occuperait le jour où le Messie reviendrait panser nos plaies. Parallèlement à mes voisins uniformes, je croisai mes mains derrière le dos en position d'obéissant dominé, comme l'élève sur la sellette que le censeur informe vertement de son incurie dans un bureau ombragé empestant l'encaustique.

L'ennui, après trois années passées à Reims, m'avait suivi jusqu'ici. Partout où j'allais, je l'emportais. Les lieux changeaient, lui restait le même. J'allais vivre un an avec d'autres, mélangé à leur sueur, à leurs bruits, à leurs odeurs, à courir et à souffrir – l'ennui m'étoufferait avec ses bras.

Ce dimanche donnait envie de vomir. Je me jurai que je n'étais pas là, que je rêvais. Tandis que le soleil nous dévorait, je fixai mon regard sur une borne d'incendie rouge ; elle semblait avoir poussé comme un cactus sur le parterre désolé. Je me jurai que je n'étais pas là – j'y étais. Je me dis que chaque seconde qui passait était en train de me rapprocher de la fin de ce cauchemar. Je me tenais debout, muet, cogné de lumière dans cette forêt de nuques.

« Quand je dirai "à droite…", commença l'aspirant Massard, il vous faudra décoller légèrement le talon gauche du sol et porter tout le poids de votre corps sur le talon droit et la pointe du pied gauche. C'est compris, Donbon ? — Oui, mon lieutenant. — Fanfani ? — C'est compris, mon lieutenant. — Bien. Après que j'aurai dit "à droite…", je dirai "droite !", ce qui, dans un premier temps, exige que vous exécutiez un quart de tour à droite en pivotant simultanément sur le talon de votre pied droit et la pointe de votre pied gauche puis, dans un second temps, implique que vous rameniez énergiquement le talon de votre pied gauche contre le talon droit. Ça doit claquer d'un seul claquement… Et je veux l'entendre ! Exécution. "À droite… droite !" »

Nous exécutâmes la manœuvre de pataude manière. Vingt fois nous recommençâmes. Nous jugeant prêts, Massard nous enseigna les règles du « demi-tour… droite ! ». Il s'agissait d'un processus « ternaire ». « Dans un premier temps », nous reçûmes l'ordre d'effectuer une rotation sur le talon gauche d'un huitième de cercle à droite, puis de placer le pied droit en équerre, le milieu du pied vis-à-vis et à dix centimètres (à la louche) du talon gauche. « Dans un second temps », il nous fut demandé de faire pivoter les deux talons, en élevant infinitésimalement la pointe des pieds, jarrets tendus. « Dans un troisième temps », on nous enjoignit de ramener (vigoureusement) le talon droit contre le talon gauche.

Mon béret bleu marine orné du macaron du 6e régiment du génie me causait des démangeaisons. Quand je m'éveillerais chaque matin ce serait dans la répétition du même soleil sur les mêmes briques – ces murs, ces blocs, l'agencement de ces bâtiments, ces citernes avaient traversé les années, les hommes. Des jacinthes poussaient sur une minuscule portion de terre ; des barbelés décoraient le sommet des murailles – les jours qui m'attendaient (de pied ferme) étaient clos comme des volets d'août.

Le reste de la journée (une journée vaste comme l'océan) fut occupé à marcher en ordre serré au pas cadencé : « En avant, marche ! » Le chant retenu pour notre section – choisi, précisa Massard, par le capitaine Wittkovski – était « La Madelon ». Cet hymne des comiques troupiers avait été créé peu avant la Première Guerre. Hors d'âge, entêtant, grotesque, il me sembla toutefois qu'il s'adressait à moi : il y était question dès le premier couplet de la détresse sentimentale – sexuelle – des conscrits. Ceux-ci, revenant de manœuvres, se voyaient confiés à l'entour d'une forêt aux généreux soins d'une gourgandine tenant cabaret.

Le militaire venait ici soulager sa soif et sa chair, rêvant de Madelon – je ne fais que paraphraser les paroles de la ritournelle – la nuit, y pensant le jour. « Ce n'est que Madelon, mais pour nous c'est l'amour. » La jeune femme s'avérait un palliatif à l'amour resté à la maison. « Chacun lui raconte une histoire, une histoire à sa façon » : la tournure, pour une composition si grossière, me parut d'une finesse inattendue. Le quatrième couplet tranchait avec ce registre allusif : après qu'un caporal « en képi de fantaisie » vint lui demander sa main dans les règles, notre serveuse – gironde, roussâtre, laiteuse, chargée de gouttes de sueur amère – avait rétorqué : « Pourquoi prendrais-je un seul homme quand j'aime tout un régiment ? »

Roubeuge s'affaissa d'inanition au milieu du peloton ; le caporal-chef l'escorta jusqu'à l'infirmerie où un aspirant (médecin) le prit en charge. J'étais près de m'écrouler aussi, de me laisser tenter par le coma, quittant l'événement – ma tête buterait contre le sol, un filet de sang se dessinerait sur mes tempes, on nettoierait ma flaque à grand jet, je me retrouverais dans cet endroit merveilleux : *dehors*. Un bourdonnement emplit mon crâne. Les murs de notre enceinte se teintèrent de rose. Le soir s'annonçait, un soir dont je refusais de toutes mes forces qu'il se posât sur mes épaules sans galons.

Nous fûmes dirigés en rang serré vers l'ordinaire. J'aperçus mon reflet dans une vitre. J'y vis une tristesse indifférente ; l'habitude des jours mornes avait gagné, encore une fois. Orléans, Reims : Angers. Toute ma jeunesse allait y passer. Les barbelés se dessinaient en ombres chinoises. Aucune porte, ni pour sortir d'ici, ni pour sortir de moi. J'étais foutu.

3. – La nuit, la caserne ressemblait à une prison. Un linge anthracite recouvrait l'espace et le temps. Nous étions allongés, parallèles les uns aux autres, ou les uns en face des autres. Nous formions un tout ombreux, éclaboussé de lueurs bleuâtres. À six heures le clairon sonnerait ; nous gémirions, courrions vers les douches. J'avais vingt-quatre ans. J'avais raté tout ce que j'avais entrepris dans ma vie (je n'avais du reste strictement jamais rien entrepris). L'armée elle-même m'apparut comme un ratage : nous faisions la guerre pour de faux. Maurice Genevoix, au même âge que moi, était sorti d'une école digne de ce nom, l'ENS, était entré dans une guerre digne de ce nom – celle de 14. Il possédait un destin. Son « service militaire » à lui, effectué dans les tranchées, avait fait tomber les masques. Comme il l'avait raconté dans un extraordinaire entretien radiophonique de 1962 : les peureux avaient l'air de peureux, le courage des courageux se voyait à l'œil nu, les méchants exerçaient leur méchanceté, les lâches faisaient profession de méchanceté. Mais moi ? Livré à une comédie, perdu dans un ennui flasque, je ne risquais rien d'autre que des coups de cafard.

À sept heures trente précises, après le petit déjeuner (café noir, pain beurré), accompagnés par Lucas, nous allâmes « percevoir les armes » en ordre serré, chantant « La Madelon ». Lüsebrink, pendant le refrain, entonna un air d'opéra ; il se fit rabrouer. L'armurier nous remit un fusil d'assaut Mas 5,56, modèle F1, désigné sous le nom de « Famas ». C'était la première fois que je tenais entre mes mains un objet spécialement conçu pour tuer un homme.

Nous le plaçâmes en sautoir, plaqué contre le torse. Le Famas, dont la coque était de plastique, pesait un peu plus de trois kilos. On nous fit monter à l'arrière d'un camion, fusil tenu verticalement, crosse au sol. Nous partions pour le terrain militaire de Linières. Massard nous avait comptés avant le départ. Le semi-remorque démarra. Mon casque pesait sur ma tête à la façon d'une enclume. Le décor angevin défila sur des kilomètres tristes, nous donnant la sensation d'être libres. Je crois n'avoir jamais supporté la réalité, préférant celle, tout aussi légitime, des romans, des bandes dessinées, des films, des œuvres musicales et des tableaux (seul le théâtre me résistait, me résiste encore aujourd'hui à la notable exception des spectacles de Philippe Caubère, lequel présente cette particularité si rare et que j'aime beaucoup : être doté de génie). J'avais toujours goûté les journaux intimes – la réalité des autres.

Je fixai Ancan, Fanfani, Weulersse, brinquebalés comme moi dans ce camion, sursautant aux nids-de-poule, passifs, obéissants comme moi, lâchant de minables plaisanteries pour se faire accroire qu'ils n'étaient pas dupes de la situation. *Rien* ne m'intéressait de cette réalité dont je subissais chaque instant. J'en avais gros sur le cœur. Nous longeâmes la Loire flanquée de saules. Nous entrâmes dans une zone forestière, odorante, rose, jaune – parsemée de bouleaux. L'automne commençait son travail de mort. Le feuillage dentelé des hêtres, leurs longues branches élancées ne s'intéressaient pas à nous, ni les charmes à la lisse écorce grise ; j'eusse voulu sauter du camion, balancer mon Famas, me passionner pour les aulnes. Rester prisonnier un an, d'accord : à scruter les pédoncules, les bourgeons, devenant le plus grand connaisseur au monde du tronc des ifs – leurs lambeaux sont fibreux. Je me fusse spécialisé dans tout plutôt que dans ce qui m'attendait ; j'avisai, pleurant sans verser une larme, hurlant à la mort sans qu'aucun son s'échappât de ma bouche, le branchage radiant des chênes, leurs silhouettes hérissées, leur robe pâle, pourprée, craquelée par endroits – ces rameaux légèrement pubescents.

Donbon dormait ; j'observai son gros nez en patate, les verres très sales de ses lunettes. Ses parents tenaient une boutique de prêt-à-porter dans le vieux Toulouse. Duluc, Nantais qui venait d'achever des études de notaire – toujours de bonne humeur –, en racontait une bien bonne. Weulersse, fraîchement diplômé d'une école d'aéronautique, sifflotait – on eût dit qu'il se trouvait à l'étranger ; que, studieusement, il s'appliquait à comprendre, à apprendre au plus vite la langue de ce pays nouveau où il avait atterri sans avoir rien demandé ; Weulersse *jouait le jeu*. Il ne me fût pas venu à l'esprit de le lui reprocher : accepter les règles au point de les embrasser, de leur faire bon accueil, voire de les précéder, était une manière, finaude, qui permettait d'évacuer la réalité.

Mes chaussettes de laine noire me procuraient des démangeaisons. Fanfani, qui m'était apparu dès le premier jour comme le plus sensible de notre chambrée, le plus poète, affichait une certaine ressemblance avec l'acteur Patrick Dewaere (1947-1982) ; il prenait malgré les cahots des notes au crayon de papier dans un petit carnet ; je sus plus tard qu'il tenait son journal intime. Originaire du Creusot, il était monté à Paris pour faire son droit, se destinant à la profession d'avocat. Les affaires criminelles le passionnaient. Il se tenait comprimé entre Roubeuge et Ponsault. Roubeuge, orphelin de père et de mère, avait été placé jusqu'à sa majorité dans une institution, à Tours. Il était titulaire d'un deug d'informatique ; c'était un être gros, gras, grand – mutique. Il suait. Les déplacements trop dynamiques lui coûtaient ; nous nous doutions qu'il allait vivre un calvaire. Mais Roubeuge ne se plaignait pas – il ne parlait pas non plus, ne faisant le plus souvent que rire, de bon cœur, aux plaisanteries de Duluc (dont le talent d'imitateur égaya la section : déjà, il était capable d'imiter l'aspirant Massard, le caporal-chef Lucas et Donbon).

Lüsebrink semblait le plus craintif de notre dortoir, quoique l'un des plus prompts à la création du désordre et aux saillies humoristiques. Chaque fois qu'il échafaudait un scénario incompatible avec le règlement, son regard inquiet balayait l'espace pour vérifier que l'autorité militaire ne traînât point dans les parages. Ponsault, qui sortait de l'École supérieure de commerce de Rouen (il l'intitulait « Sup de Ro Couen »), était un individu amical, solidaire – courtois. Vauquelin était mon binôme – à l'armée, les combattants vont par deux ; il m'était apparu dès le tondage de nos crânes comme le plus affable, le plus fiable, le plus équilibré qui fût. Discret sans être timide, efficace, jouant collectif, pince-sans-rire, une carrière d'ingénieur en bâtiment l'attendait – il rêvait de suds, de chaleurs accablantes, de tropiques. Quant à Ancan, il avait après la Taupe intégré une école de mathématiques appliquées et d'informatique grenobloise. Lorsqu'il me demanda ce que j'étais devenu, je ressentis, évoquant l'École supérieure de commerce de Reims, la honte me colorer les joues.

Un rai de lumière passa sur nous qui traça sur les visages des reflets de cathédrale. Nous arrivâmes enfin. L'aspirant Massard nous inculqua dès après installation du campement les règles du camouflage : « Cela consiste à faire disparaître les indices d'un objectif qui le rendent visible, à savoir : sa forme, ses ombres, sa texture, sa couleur, ses reflets, d'une part ; ses mouvements, ses traces, sa poussière, sa fumée, ses lueurs, d'autre part. Le premier stade du camouflage consiste à briser les formes. Donbon ? — Briser les formes, mon lieutenant. »

Nous nous barbouillâmes mutuellement le visage de cirage noir et vert, avec des stries régulières sur les joues, à la manière sioux. La pâte bouchait les pores de la peau ; elle donnait lieu à des allergies, aggravées par la chaleur. Il s'agissait de nous dissimuler aux yeux d'un ennemi qui n'existait pas ; pour le faire exister néanmoins, nous fûmes scindés en deux sections de vingt (l'une, la mienne, commandée par l'aspirant Massard, l'autre, par l'aspirant Thomas) qui durent dès cet instant, pour quatre jours, se livrer un combat imaginaire quoique sans merci (ou l'inverse). Sur les chemins, marchant en colonne comme dans les films, nous surjouions, faisant semblant d'avoir peur à intervalles réguliers, exagérant notre sensation d'avoir, par exemple, entendu un bruit étrange dans tel taillis (le mot de *taillis* étant d'ailleurs banni au profit de celui de *kéké*, ce qui donnait : « Chut… J'entends un bruit dans les *kékés*… »).

Une grenade à plâtre explosa devant notre colonne ; nous bondîmes dans un fossé rempli de ronces où je me lacérai le front, manquant de me crever l'œil. Famas brandi, aux – faux – aguets, mimant une attitude de combattant inquiet pour sa vie, écrasé par le poids fort excessif de Donbon vautré sur moi, je rêvais à Paris, aux queues devant les cinémas, aux Tuileries, à des couples faisant l'amour dans des chambres de bonne ; à la pluie grise sur le zinc, aux Champs-Élysées, aux hauteurs de Montmartre, à l'église Saint-Sulpice – ses Delacroix. Je pensai au Louvre, au *Couronnement de la Vierge* de Fra Angelico.

4. – La pluie tombait à verse. Mouillés comme des chiens, nous rampions sur les chemins boueux ; l'ennemi avait tenté une percée pendant la nuit. Le carnet où j'avais pris en note les instructions données depuis notre arrivée était détrempé ; le feutre avait déteint. Nous nous cachâmes en binômes derrière le tronc des érables. Je scrutai sur l'écorce verdâtre un hanneton aux reflets de goudron ; les sillons de sa carapace luisaient. Sur le sol, parmi les fougères lustrées, rampait comme nous une limace à l'apex charbonneux. Nous fûmes autorisés à sortir les ponchos de notre sac. Mes pieds frigorifiés pataugeaient dans le cloaque de mes rangers ; mes chaussettes, dont je pressentais déjà le jus que j'en extrairais, me démangeaient de plus en plus – des pucerons s'y étaient nichés.

Nous reçûmes l'ordre, en silence, par des gestes extrêmement lisibles, de nous déplacer au sein de la zone à risque. La pluie faisait ruisseler le cirage, collant, gras, qui dissimulait nos traits. Je heurtai une pierre ; je hurlai. C'est alors que jaillit d'un kéké, comme Lucifer d'un fuligineux giron des ténèbres, le capitaine Wittkovski. Le regard paré des fleurs les plus vénéneuses, ivre d'une couleur rouge qui faisait gonfler les veines de son cou trop long, il m'asséna sur le crâne un coup de poing qui me parut de la puissance d'une météorite.

« Et alors ? Couille de loup ! Lève-toi, toi ! » Je m'exécutai, ruisselant, les jambes flageolantes. L'aspirant Massard me sembla surpris, mais point étonné. Tous les regards de la section étaient tournés vers moi ; Wittkovski (dont je m'avisai de près du visage en losange) avait interrompu la guerre – l'heure était grave, ma faute, lourde. « Tu te présentes, couille de loup. Tu te présentes ! » s'égosilla-t-il avec les aigus d'un marcassin couinant. Je me mis au garde-à-vous, le saluai avec la plus grande orthodoxie. « Élève officier de réserve Moix, à vos ordres mon capitaine ! » Il me fixa avec mépris, me poussa ; je tombai à la renverse, m'éparpillant dans les fougères – le canon de mon Famas me percuta le dos du nez. « Lève-toi ! » Sonné, je me relevai, me remis au garde-à-vous. « Moix ? C'est pas un nom, ça. C'est un bruit. C'est un nom de bruit ! » Heureux de sa formule, il adressa à l'aspirant Massard un sourire auquel ce dernier répondit par un lever de menton furtif et gêné.

« À partir de maintenant, tu ne t'appelles plus Moix… C'est compris ? Tu t'appelles Couille-de-loup.
— Oui. — Oui mon chien. — Oui mon capitaine. » Wittkovski, dont la moustache s'inversait sous l'effet de la pluie ainsi qu'un boomerang qui revient dans la direction opposée à celle dans laquelle il a été lancé, mit ses poings sur ses hanches, pliant le genou pour poser son pied, tel l'immarcescible vainqueur d'une bataille ingagnable, sur la pierre qui avait causé ma perte. Il monta dessus, la face dominante, rictus

suspendu au coin des lèvres, scrutant ses hommes (quelques étudiants mouillés, parfaitement inoffensifs, dont l'averse faisait crépiter les casques lourds et les ponchos). Exposant son panache, le visage blanc ivoire, il fusilla Massard du regard : « Apprenez à connaître vos hommes, mon lieutenant. » S'adressant à la section de combat, après avoir bu une lampée tirée de son bidon : « Vous êtes dans la section Couille-de-loup. Votre mascotte, c'est Couille-de-loup. Votre cri de guerre, désormais, ce sera "Couille-de-loup" ! J'espère que c'est clair. » Dans un frottement d'herbes hautes, s'enfonçant dans le décor mouillé en émettant des bruits liquides, des sonorités de flaques, de bourbiers, il disparut.

Je me tournai vers l'aspirant Massard ; il arbora un sourire humain (j'allais dire : fraternel) m'enjoignant de ne pas prendre au pied de la lettre l'incident qui venait d'avoir lieu. Le silence régnait au sein du groupe. Tandis que nous sentions l'ennemi nous encercler davantage (frôlements, cliquetis, bruissements), Massard profita de l'environnement pour nous asséner un cours théorique sur la « dissimulation des déblais », insistant à de multiples reprises sur le fait que quelques précautions d'usage, toutes marquées au sceau du bon sens, pouvaient simplifier l'opération de camouflage. Nous apprîmes à faire des nœuds : gansés, droits, plats, de tisserand, de cabestan, de tête d'alouette ; je sus exécuter en une poignée de secondes, autour d'un rondin, le tour mort avec demi-clef, le nœud de plein poing – le brêlage diagonal ou droit.

Nous continuâmes à progresser dans la végétation. Ancan culbuta sur un fil tendu entre deux troncs de hêtres ; une grenade explosa. Je reçus des éclats de plâtre. L'ennemi venait de remporter une victoire (ou de marquer un point, on n'eût su que dire). Donbon éclata de rire ; Duluc lui emboîta le pas. Rien n'était sérieux dans ce combat – je ne bronchai pas, terrorisé à l'idée que Wittkovski, comme l'ogre des contes, ne fît une nouvelle apparition. Ma sueur était glacée ; j'eus faim. Je tentai de sortir une pâte de fruits de la poche de mon treillis. Je ne trouvai qu'un morceau de plastique immangeable, écrasé – poisseux. Mes vêtements, lourds, collaient à ma peau, semblant avoir rétréci au lavage. J'essayai, me concentrant sur mes rangers qui avançaient sous mes yeux comme celles d'un autre, de m'extirper mentalement de cette aventure, me téléportant. J'eusse voulu me chasser de moi-même, me parachuter dans un bain chaud, une île déserte ceinte de cocotiers paresseux et fixes.

J'inexistais, entouré de camarades qui ne m'étaient que décor ; le hasard me les avait imposés. J'étais assujetti à ces êtres, dans l'obligation de me faire aimer d'eux, de les aimer – de les aimer provisoirement, mais dans une temporalité si étirée qu'il s'agissait de passer en leur compagnie toute ma vie.

L'après-midi, nous fûmes autorisés à changer de treillis ; la pluie avait cessé. Wittkovski s'illustra de nouveau, héroïquement, en rappelant mon surnom devant la section, afin que chacun s'enfonçât dans le crâne ma nouvelle identité. Il ajouta que j'étais un « psycho » comme il en avait rarement vu depuis sa sortie de Saint-Cyr, qu'il ne tolérerait pas une section de « psychoteurs » au 6e régiment du génie – les cas désespérés n'ayant qu'à aller « souiller leur linge » dans les régiments du train ou, pis, des transmissions. Nul n'utilisa jamais ce quolibet en dehors de la présence du capitaine – mais aussitôt qu'un quidam devinait sa silhouette derrière lui, il me donnait automatiquement du « Couille-de-loup ».

Massard et Lucas nous conduisirent dans une sorte de baraque étrange, de ciment, oubliée dans la nature, que nous crûmes désaffectée. Un sergent, Hirn, spécialiste BNC (« biologique nucléaire chimique ») qui avait combattu au Tchad, nous attendait devant le bâtiment. Il distribua à chacun d'entre nous un ANP (« appareil normal de protection »), plus connu dans le civil sous le nom barbare de « masque à gaz ». Nous l'enfilâmes après avoir réglé les brides en caoutchouc ; sous l'égide du sergent, nous vissâmes la cartouche filtrante censée bloquer les émanations toxiques qui seraient diffusées à l'intérieur du baraquement. Enfermés à double tour dans le cabanon hermétique, nous allions réaliser notre premier « passage en atmosphère viciée » (PAV). Le sergent écrasa sous le talon de sa rangers les capsules déposées sur le sol, nous intimant l'ordre de n'utiliser qu'un filtre sur deux. En apnée, je vissai le filtre de Vauquelin. Weulersse fut pris d'une quinte de toux tonitruante ; Fanfani, les yeux rouges, manqua de vomir. Lüsebrink exécuta de grands gestes de pantomime exprimant sa détresse. Ancan ne bougeait pas, non plus que Ponsault, stoïque. Quant à Donbon, bleuâtre, il se trémoussait, agité d'une danse de Saint-Guy, devant Duluc, son binôme, en train de « psychoter », incapable de visser son filtre. Je crachai.

À la sortie, Wittkovski, une nouvelle fois surgi des entrailles de la terre, me cueillit : « Eh bien, il va nous faire une petite gerbe, vous allez voir... Si tu vomis, Couille-de-loup, je te fais ravaler ta gerbe. Regardez-moi ce branle-tétons... On dirait qu'il sort d'une machine à laver. Hein ? Oh, hé ! Je te parle, là ! Couille-de-loup... »

L'instant me parut magique ; engoncé dans cette folie jusqu'au cou, me faisant détruire par un esprit méchant, j'évacuai en moi toute haine, toute rancune, me concentrant sur la découpe, au loin, d'un nuage qui offrait à la vue une silhouette énigmatique – celle, effilochée, d'un papillon dont l'une des ailes était mordue par endroits. Tandis que le capitaine continuait de m'insulter, une nuée d'insectes vint vibrionner devant moi, si serrés, si coordonnés, qu'ils semblaient enclos dans une sphère. Je commençai à m'inventer du plaisir à être là, otage d'un vocabulaire imagé, prisonnier des registres obscènes et des outrancières saillies.

La parole n'existait pas. Les mots n'étaient que la proie des ordres ; leur fonction, dénaturée, paraissait aussi obscure qu'un trou noir. Je vivais, par l'appauvrissement progressif de toute nuance autour de moi, un bannissement inédit, une expérience circulaire où tout revenait sans cesse, parfaitement identique, à en donner le tournis : les ordres et leurs exécutions, les gestes réglementaires, les services réglementaires, les travaux réglementaires, les journées réglementaires. Existait, au cœur de cette trivialité, une stimulation nouvelle consistant à faire taire en moi toute forme de conscience pour ne me concentrer que sur les aventures de mon corps. Et puis, ici, l'amour était une particule insignifiante dont on ne souffrait pas.

5. – Nous étions censés passer à l'âge d'homme. Il faisait nuit : la lune était dans l'eau. Le capitaine nous rassembla en lisière de forêt, le visage aigu, muni de cet air méchant qui ne le quittait jamais. C'était le départ d'une marche : rentrer à Angers à pied, puis retour à Linières, trente kilomètres au total, paquetage sur le dos, casque lourd, Famas. La grenouillère de mon casque se desserrait sans arrêt. Je la tripotai – Wittkovski : « Couille-de-loup, encore un pet de travers ? — Négatif mon capitaine. Tout va bien mon capitaine. À vos ordres mon capitaine ! » Levant le menton, la silhouette baignée dans la nuit laiteuse : « Si Couille-de-loup est prêt, c'est que tout le monde est prêt. Je vous suivrai en jeep. Section ! Ahû ! Repos… Ahû ! À la disposition de l'aspirant Massard. »

Nous nous mîmes en marche sur la départementale ; la nuit brillait. Les étoiles étaient à leur place. Des aboiements s'entendaient ; les maisons rangées au bord de la route fumaient. Des parfums de labours nous accompagnaient ; nos pas claquaient sur le bitume, les brêlages cliquetaient. Marchant droit, à la façon d'un automate, je contemplai les sapins bleus. L'eau des étangs clapotait. Ainsi celle de nos bidons.

Les feuilles tombaient. Je comptais les bouleaux dans le noir froidissant. Le clair d'étoile m'inspira des réflexions. Personne ne parlait ; nous marchions. Derrière une palissade, un chien hurla à pleine gorge. Des réverbères livides éclairaient la nuit. Le cimetière de Saint-Jean-de-Linières, dont la grille était grande ouverte, exhibait ses tombes moussues. Fixant devant moi la grosse nuque bubonneuse de Donbon, je bus une gorgée. Une trouée blanchâtre apparut dans le ciel. Nos ombres s'allongèrent sur le bitume.

Je commençais à m'acclimater. C'était une acclimatation crâneuse : tout cela était provisoire. Telle étoile que je scrutais, vacillante, symbolisait, inaccessible, le jour de la quille – dans trois cent soixante jours, cette comédie prendrait fin, mais Dieu que cela faisait loin. Je savais que ma nature d'avant l'armée reviendrait, avec ses excès, ses folies – ses approximations. De cette science qu'on m'enseignait ici, rigide, carcérale, autoritaire, saturée de règlements, il ne resterait strictement rien. Je décidai de me laisser emporter par cette coulée de lave disciplinaire : je profiterais de la nature, de l'alignement des bouleaux sur les routes, de l'évanescence parfumée des acacias. Je passerais une année complète dans l'ivresse de la monotonie. Mon rapport au temps en serait bouleversé. L'ennui que j'avais connu à Reims n'était qu'une plaisanterie ; l'ennui débutait sa véritable carrière ici. Tandis qu'une ampoule se formait sur un de mes orteils (petit doigt de pied gauche), je formulais à ma stricte intention cette théorie selon laquelle l'ennui, loin d'être du temps subi, était le temps lui-même.

J'entendis un craquement net, semblable à celui d'une brindille ; la douleur qui s'ensuivit fut aiguë. Un léger dénivelé m'avait fait vaciller. Je m'affaissai, emporté vers le fossé par le poids de mon sac et de mon Famas. L'aspirant remonta la colonne aux fins de vérifier la blessure. Deux phares criblèrent la nuit – la jeep du capitaine. Furieux, il s'éjecta du siège, m'accabla d'abjects jurons. « Couille-de-loup, tu commences *vraiment* à me faire chier la bite ! » « C'est une entorse, mon capitaine, lui déclara Massard. Une vraie. » Wittkovski exécuta un geste méprisant, comme s'il balayait une mouche insistante : « C'est rien du tout. C'est mon cul. Couille-de-loup, s'il veut finir sa formation et ne pas recevoir mon pied dans le derche, va gentiment se relever et finir sa marche. Allez ! Exécution. Ou je te fous toute cette engeance au trou ! » Je me levai ; je tentai de marcher ; en posant le pied sur le sol je reçus une décharge électrique. Je fis de nouveau quelques pas : la douleur sembla s'évanouir. Ce n'était qu'illusion : la blessure étant brûlante, cela opérait une manière d'anesthésie.

« Vous voyez bien que c'était du chiqué ! lança le capitaine à Massard. Voyez donc comme il trotte, l'agneau. C'est de la graine de chiotte, ça. Je ne veux pas de zozos pareils dans ma section… Je suis pour l'élite, pas pour les tanches. Il galope, dis donc. Regardez-moi ça ! Une demoiselle au printemps. Je t'en cague trois par matin, moi, de ces cabots-là ! »

Il remonta dans sa jeep, démarra, coupa les phares, repartit dans la nuit en faisant feuler son moteur.

Nous tournâmes vers une route serpentée ; les bois s'effaçaient sous la suie. Les peupliers au loin apparaissaient maigres, désolés. Nous longions maintenant la Loire, fleuve que j'avais toujours vomi, qui, de Nevers jusqu'ici, en faisant crochet par Orléans, passait sa vie à me poursuivre. La douleur s'était tue ; à l'arrivée, elle se réveillerait de plus belle. Duluc racontait des histoires drôles qui ne l'étaient pas. Fanfani titubait, de même que Donbon, trempé de sueur. Roubeuge se proposa de porter mon sac, mais craignant une nouvelle irruption de Wittkovski, je refusai. La tête commença de me tourner ; des frissons m'envahirent. Je ne me voyais pas – nous n'avions pas encore entamé la deuxième moitié de l'aller – marcher au retour. Nous frôlâmes de hautes futaies où j'eusse rêvé de sauter pour m'y évanouir tranquillement. Des taches se formèrent devant mes yeux. Elles dansaient. La lune me tapait sur la tête comme un soleil d'août. Je glissai dans une flaque de boue. Il se mit à pleuvoir. Je souriais pour ne pas craquer, ne pas m'écrouler au milieu des autres qui, comme moi, avançaient sans se plaindre. L'eau dégoulinait, glaciale, dans mon col, se mélangeant à ma sueur brûlante.

Nous fîmes une halte, avec interdiction de nous asseoir (« Cela casse l'énergie, avait averti le lieutenant. Vous ne parviendrez pas à vous relever »). Nous reçûmes l'ordre de ne pas trop entamer la réserve d'eau de notre bidon – le chemin à parcourir serait encore long ; il s'agissait de l'économiser. « À la guerre comme à la guerre ! » Il n'y avait toujours pas la moindre guerre à l'horizon. Donbon protesta ; il voulait s'allonger. Ce privilège lui fut refusé. Nous reprîmes la route ; ma cheville me fit souffrir le martyre. Je serrai les dents ; des larmes coulèrent le long de ma joue, que je léchai lorsqu'elles passèrent aux commissures des lèvres. J'en goûtai le sel.

Les phares du capitaine revinrent nous éblouir ; il me harcela derechef. « Alors, mademoiselle Moix ? La promenade est belle ? On folâtre ? » Grimaçant de douleur, exagérant mes simagrées aux fins d'atteindre en lui ce que je lui supposais d'empathie, je répondis un « Affirmatif mon capitaine » qui me dégoûta de moi-même. Exactement comme je n'avais pas eu le courage de quitter le foyer familial orléanais, exactement comme je n'avais pas eu le cran de démissionner de la sinistre et inutile École « supérieure » de commerce de Reims, je manquai de témérité pour abdiquer devant cet homme, lui dire que j'abandonnais, que j'acceptais d'être un simple « bitos », renonçant sur-le-champ à devenir officier de réserve. Je me laissai humilier. « J'en ai fait flancher des plus coriaces que toi. Tu vas apprendre à me connaître ! Pour l'instant, je trouve que j'ai été plutôt très gentil… Hélas pour tes abattis, le temps des douceurs est terminé… Que je ne te voie pas aller pleurnicher à l'infirmerie demain… Ni chez le colon. Sinon, ça va péter des bulles ! De très, *très* grosses bulles, Couille-de-lopette ! »

La Loire, bordée de marronniers dépressifs, exhalait une puanteur spéciale – rats morts, enfants noyés, viandes putrides. La pluie boursouflait le décor ; j'eusse donné ma vie pour un long sommeil dans des draps frais. Un nuage formait une main géante au-dessus de la silhouette d'Angers. Les herbes hautes fouettaient les treillis. L'horizon luisait. Sur un ponceau de pierre, quelqu'un avait tracé à la peinture un énorme cœur que nos pas unanimes maculèrent de boue.

6. – Je fus de garde ce soir-là ; c'était notre quatrième nuit à Linières. Nous nous lavions le matin avec un jet d'eau glacée. Nous marchions. Notre première initiation au tir aurait lieu le lendemain. Il était trois heures du matin. Nous étions deux sentinelles disposées à chaque extrémité du campement. Je partageais mon tour de garde avec Lapie, grand blond recouvert d'acné originaire des Sables-d'Olonne. À quatre heures, la relève viendrait, assurée par Weulersse et Ott – Ott se sentait ici chez lui, né non pour commander mais pour qu'on le commandât. Il portait la barbe, ce qui avait exaspéré le capitaine : « J'aurai la peau de tous les *barbouzards* de cette section de bites cirées ! » Nous irions dormir deux heures, le réveil étant fixé à six heures.

Debout dans la nuit, j'écoutais la forêt. J'avais à l'aide de bandages serrés pratiqué sur ma cheville un strapping qui me permit de continuer. Je ressentis alors une fierté imbécile : béret, nuit, fusil, étoiles au-dessus de ma tête, ceinturon – une aventure d'homme ; je me trouvai supérieur en dignité à tous ceux (larves, trouillards, planqués) qui s'étaient fait réformer – des pistonnés.

La nuit me fut une caresse. Le ciel était lisse. Le vent poussait les nuages. Les étoiles réveillaient les souvenirs ; elles dessinaient le même ciel qu'autrefois, qu'ailleurs. Des murmures brouillaient le silence : craquements qui sont le vocabulaire des animaux de nuit. Je fixais les racines des alisiers gondolant le sol recouvert de feuilles, d'aiguilles, de mousse. Je songeai à mon avenir – parviendrait-il jamais à me réconcilier avec le passé ? La mort me visita ; je me vis périr d'une maladie rare. Le paysage était noir. Le froid m'engourdissait. Je composai mentalement des poèmes, m'efforçant de les retenir. Je me maudis de ne connaître aucune poésie d'aucun auteur – ceci m'avait toujours déçu de moi-même ; jamais je n'étais parvenu à apprendre quoi que ce fût par cœur. Dedans les profondeurs de ma mémoire, je ne trouvai les traces que de misérables phrases de *Terre des hommes*, de strophes approximatives de Jean Moréas (« Le Rhin ») qui me ramenèrent vers ma classe de cours moyen deuxième année, à l'école du faubourg Saint-Jean d'Orléans. « Le Rhin » convoquait elfes (couronnés de joncs), hérons (ricanant), sorciers (galopant), et nains (guettant des corneilles).

Je pensai aux écrivains qui avaient fait la guerre, connu la boue des tranchées : Breton, Aragon, Genevoix – de « l'autre côté », Jünger. Péguy y avait laissé sa peau le samedi 5 septembre 1914, à Villeroy, au milieu d'un champ de betteraves. Sabre au clair, il avait ordonné à ses hommes de tirer ; ses soldats étaient couchés, lui seul était resté debout, virevoltant, magnifique, désespéré – heureux. Il s'exténua longtemps : « En tirailleurs, les enfants ! » Il voulut éprouver cet instant, l'étirer comme un élastique jusqu'au ciel de sa mystique brouillonne faite d'élans, de refus successifs, de bagarres, de saints. Les Allemands faisaient face, prêts à l'expédier au pays de ses prières. Les Boches n'en revinrent pas de voir s'agiter devant les balles cet incroyable petit bonhomme, court sur pattes, la barbe roussie, dont le sang montait vite à la tête, empourprant ses traits. Péguy voulait, dans cet ultime épisode d'une vie de colères, étaler sur le temps qui lui restait – qu'il avait décidé qu'il lui restât –, les écoulant avec l'énergie des danses crépusculaires, les derniers morceaux de furie qu'il avait gardés en réserve pour le jour du grand départ. Un soldat ennemi avait fini par tirer, libérant Péguy de son grand secret, ce chagrin d'amour superposé à tous les autres chagrins, qui l'avait fait marcher seul – en larmes – vers Notre-Dame de Chartres. Les yeux vides, crispant les mains dans l'air chaud, il s'affaissa sur les mottes ; lorsqu'on le fouilla, on retrouva sur son cœur un poème inachevé et une photo de la femme qui l'avait fait souffrir.

Blanche Raphaël, dont je possède une photographie rare, avait travaillé dans la petite boutique des *Cahiers de la Quinzaine*, sise en face de la Sorbonne et qui narguait l'institution. Le gérant s'était épris de cette jeune femme au visage diaphane et au chignon soigné. Pour elle, à cause d'elle, le lieutenant Charles Péguy avait rejoint sa lumière, se battant pour la France et abandonnant son œuvre, ce grand désert illu. Il avait aimé la vie, les promenades, les marches en Beauce

– le cinématographe. Il avait, de son propre chef, stagné au grade de lieutenant par peur de monter à cheval. Son œuvre, son dernier *Cahier*, serait sa mort, penché sur le passé d'épines, libéré des soucis financiers, débarrassé de ces tonnes de mélancolie qui le broyaient. Il avait tenu jusqu'à l'extrême limite de la douleur que le cœur d'un homme amoureux peut supporter quand l'amour est irréciproque. Il avait vécu excessif ; il mourrait sacrifié.

Je restai debout ; la fatigue se fit sentir. Tenir. La lune me parut poétique, tout droit sortie du dix-neuvième siècle, d'un poème de Jean Moréas. Je ramassai un caillou, le soupesai, le reposai. J'étais perclus de courbatures. Je ne détestais pas cette uniformité qu'offrait l'armée, où chacun était interchangeable, semblable à tous les autres – jamais plus, dans la vie qui m'attendait, je ne pourrais revivre ce pur sentiment d'égalité, assorti de limites à la pensée. Les bornes, étroites, de ce qu'on attendait de nous me procurèrent une sensation d'intense bonheur ; je n'avais plus à briller, à me battre avec l'esprit – le corps seul était sollicité. Cela avait fini par m'enchanter. Mâchant une des pâtes de fruits de ma ration de combat, je me jurai qu'à l'avenir mon corps compterait davantage que mon « intelligence ». Je ne cesserais de pratiquer la course à pied, la marche, la natation, n'accordant à mes facultés de raisonnement que l'importance d'une tanche morte croupissant dans les orties. Ce fut une épiphanie ; fourbu, je m'infligeai cent pompes.

La séance de tir se tint dans une clairière située à deux kilomètres de notre campement. Le capitaine surveillait l'exercice, dirigé par l'aspirant (secondé par le caporal). Il s'agit d'abord de jauger notre acuité visuelle ; nous eûmes droit à un test de lecture de « chiffres gabarits » placés à cinquante mètres, puis à cent, deux cents, trois cents mètres. Nous reportâmes nos résultats dans le carnet de tir que Lucas nous avait distribué. Massard nous expliqua la méthode permettant de trouver son œil directeur : « Si le doigt reste sur l'objet quand l'œil gauche est fermé, l'œil directeur est le droit… Si c'est en fermant l'œil droit, l'œil directeur est le gauche. »

Nous passâmes aux deux étapes du pointage. La première consistait à prendre la ligne de mire (la ligne qui passait par le centre de l'œilleton et le milieu du sommet du guidon), la seconde à viser l'objectif. Lucas installa les cibles orange. Plaqué au sol, je cherchai la visée conforme, vérifiant que mon guidon fût placé au centre de l'œilleton, affleurant la pointe de la cible. Se tenir immobile, sans respirer. Je maintins mon arme, retins mon souffle. L'expiration fit monter le guidon en cible. Je ne bougeai plus. Mon doigt se tenait sur la détente. À ma gauche, Donbon s'était changé en statue ; à ma droite, Ponsault avait l'air d'un mort. Ma visée dégrossie, je corrigeai le jeu de ma détente. Je bloquai ma respiration, exerçai une très légère et très lente pression sur la queue, bien dans l'axe. J'appréhendais la détonation. Lorsque le coup partit, je fus comme libéré.

Fanfani, en panique, avait réglé son arme en mode rafale : nous avions eu consigne de tirer au coup par coup. Il reçut, de la part de Wittkovski, un coup de crosse de PA (pistolet automatique) sur le casque. Sonné, il se tut ; retrouvant ses forces, il se leva. Faisant face au capitaine, il protesta contre cette « manifestation de brutalité », qui, affirma-t-il, s'apparentait à une « violation des droits de l'appelé ». Le capitaine lâcha un rire abject, méchant, médiéval. Il planta ses yeux remplis de vieilles humiliations recuites dans les yeux de l'appelé violé dans ses droits : « Je peux vous briser, Fanfani. Vous casser les os. Ici ou ailleurs. Maintenant ou demain. Je peux foutre votre vie en l'air. Je vous interdis désormais de participer aux séances de tir. Vous serez convoqué par le chef de corps pour insulte à officier. » Fanfani ratura aussitôt sa saillie, se mettant à pleurer comme un enfant : « Pardon, mon capitaine, je vous en supplie. Pardon ! » Ce à quoi Wittkovski, sourire vainqueur, répondit : « À l'armée, on ne s'excuse pas. Vous n'êtes qu'un étron fumant. » Fanfani : « Vous avez raison. » Il joignit ses mains en position de prière : « Redonnez-moi une chance, je vous en supplie. » Rarement j'avais assisté à une scène aussi gênante. « Vous êtes une merde, Fanfani. — Affirmatif mon capitaine. À vos ordres mon capitaine. »

II

E.O.R.

1. – L'École d'application de l'artillerie était sise à Draguignan, où j'arrivai de nuit un soir d'octobre ; nul ne vint me chercher au train. Je marchai dans la nuit, sept kilomètres serpentés, de la gare à l'École. L'environnement changeait de la tristesse angevine. Ici, tout n'était que senteurs de pins, chants de cigales ; l'air était léger, chargé de jeunesse, de plaisirs – de littérature. J'imaginais Giono en train d'écrire. Je fréquentais, marchant, en sueur, le fantôme de René Char – je me faisais croire que j'admirais Char mais ne comprenais pas *exactement* de quoi il retournait ; sa poésie, fascinante, était possiblement une arnaque, une supercherie. Sans doute Char, à la suite d'un pari stupide avec lui-même, prenant la postérité pour une idiote, avait-il décidé d'aligner les mots à la queue leu leu, juste pour qu'ils sonnassent, sans jamais s'interroger sur le sens profond qui se dégageait de leur aléatoire agrégation. Dans un virage pentu, je me repris : René Char était plus intelligent que moi – sa profondeur m'était inaccessible, voilà tout. J'avais tenté de produire de la poésie hermétique. Ça n'avait rien donné.

L'adjudant qui me hurla dessus s'appelait Troumieux. Mon retard relevait de la « provoc » ; j'allais le lui payer « cher, *très* cher ». « Moix, ici, ce n'est pas le beau lolo à cul ! Nous ne faisons pas chambre d'hôte ! *En conséquence de quoi*, mon trognon, tu vas passer une nuit qui ne sera pas une nuit agréable. » Il sortit une clef de sa poche. Il secouait la tête quand il parlait, comme ces petits chiens qui dodelinent du chef et qu'on mettait, jadis, sur la plage arrière des automobiles.

« Tu sais ce que c'est, cette belle chose qui brille, ce superbe objet qui scintille et qui fait des *gling-gling-gling-gling* dans la poche de ton adjudant préféré ? » Je répondis par la négative. « Ah, eh bien mais ce sont les clefs de ta chambrette. Mais vu que Sa Seigneurie est en retard, Sa Seigneurie, ce soir, ne dormira pas dans ses appartements. Sa Seigneurie ne rentrera pas dans son palace ! Sa Majesté dormira devant la porte de sa chambre. Comme un chiot pelé ! Avec une couvrante à la rigueur, parce que je ne suis pas sadique. Je précise quand même, à toutes fins utilcs, que je passerai personnellement sur les, disons, deux, trois heures du matin pour m'assurer qu'un de tes petits camarades ne t'aura pas offert l'hospitalité. Je viendrai peut-être même en planche à roulettes, histoire de comptabiliser ceux qui ont le sommeil léger ! J'ai toujours aimé ça, moi, le *state borg* ! Allez, au dodo ma toute douce ! Et surtout : fais-moi de jolis rêves, hein. Avec l'adjudant Troumieux dedans. »

Je le suivis dans les couloirs ; le bâtiment était immense. Il ne s'agissait plus d'une caserne sinistre de l'époque de Dreyfus, avec les briques rouges et le crépi pouvant inciter au suicide, mais d'un campus américain ; cette configuration me rassura. Il était une heure du matin.

L'adjudant Troumieux posa une couverture devant ma chambre. Il s'agissait de ces couvertures orange, rêches. Nous ne dormirions plus à vingt par chambrée, mais par deux – un rêve. Les binômes n'étant pas encore officiellement formés, les arrivants avaient été, pour leur première nuit en tant qu'élèves artilleurs, fourrés dans les chambres au petit bonheur la chance. Les cartes seraient redistribuées dès le lendemain selon une logique visant d'abord et surtout à nous échapper. Troumieux poussa un hurlement ; quelques secondes plus tard, toute la promotion, soit quarante personnes, issues de l'École polytechnique pour la plupart, était au garde-à-vous devant les chambres.

« Oyez, oyez, gentes demoiselles ! Oyez, oyez, messires ! Oyez, oyez, bandes de gros gueux ! Oyez, oyez, mes troufignons jolis ! Une princesse vient de nous rejoindre. Elle s'appelle Miss Moix et c'est une petite chose très fragile. Malheureusement, cette douce créature a raté comme notre chère Cendrillon l'autorisation de minuit. C'est pas bien, ça ! Quelle méchante guigne ! *En conséquence de quoi*, cette beauté dormira devant sa chambre, comme un gentil toutou à sa mémère, recouverte d'une jolie carpette couleur mandarine ! Si l'un d'entre vous, si un flan parmi vous, si un légume parmi vous, si un trou du cul sans fesses parmi vous avait la tentation un peu trop humaine de lui offrir le gîte et le couvert pendant la nuit qui vient, il aurait affaire à mes services ! Et il passerait Noël comme un cul dans un champ de bites ! J'en connais un paquet, de zozos, qui ont joué les sapins de Noël dans ce couloir ! Et le premier de l'An, aussi ! À s'emmerder à cent sous de l'heure en chambrette le soir où l'on fête le Petit Jésus avant de le fourrer dans le mignon de sa petite copine ! Cela dit, quand on connaît les trognes de vos mijaurées, je me demande si c'est pas mieux de rester ici, tout seul avec ses cinq doigts de la main, à se pignoler le concombre en regardant le plafond. Ou à faire le pet comme un conneau devant les appartements du chef de corps. Dans un froid russe ! Avec des zéphyrs qui viennent spécialement pour vous de Sibérie ! J'espère que c'est super *claro* ! *Kapiert* ? Est-ce que c'est *kapiert*, mes croquettes ? » Tous, comme un seul homme : « *Kapiert* mon adjudant ! À vos ordres mon adjudant ! »

Je passai la nuit devant la porte. Un courant d'air froid me réveillait de temps en temps, mais mon sommeil fut profond. J'étais jeune et le savais ; des millions d'années s'étalaient devant moi, vides de soucis. Je me sentais éternel, fort, presque beau. « L'armée » ne m'irritait plus. Les fureurs de l'adjudant m'étaient des caresses sur le front. Dans ce monde fracassé, j'entrevoyais une anfractuosité rassurante, ordonnée, remplie de balises, d'où tout chaos paraissait proscrit. L'aube arriva, qui me cueillit avec le sourire. Troumieux s'en sentit outragé. Son règne n'admettait pas les rictus (il prenait tout pour lui, et le prenait *mal*).

Dans la classe 10/92 de l'École d'application de l'artillerie, la plupart étaient élèves de l'École polytechnique. Ces « X » ne me firent nullement complexer : je compris vite que leur proximité avec les mathématiques ne traduisait qu'une intelligence divergeant de la mienne, laquelle refusa immédiatement de s'incliner devant celle qu'on eût pu supposer « supérieure » à ces élites au carré. Ils deviendraient chercheurs, ingénieurs, banquiers, chefs d'entreprise ; moi, écrivain, journaliste, poète, critique. Chacun suscitait son avenir. Peut-être, ils furent plus prompts à calculer certaines trajectoires « sur le terrain » : l'artillerie suppose une virtuose accointance avec la géométrie.

Le capitaine Vidal se révéla moins vicieux que Wittkovski. Les marches de nuit, les exercices de tir, les missions en campagne (dans le camp de Canjuers où nous apprîmes à devenir des artilleurs) se déroulaient dans le calme. Je me souviens de Peyrin, Nussal, Delphis, Levesque, Mahieu, Schmitt, Carduner, Magnenat, Radford, Héliesse, Simonnet. Je partageais ma chambre avec Hütt, insupportable gommeux aux traits juvéniles – il paraissait seize ans. Une soi-disant « tendinite du genou » (avalant les mots et parlant à la mitraillette, il prononçait *tijnou*, « j'ai une *tijnou*, mon capitaine ! ») l'empêchait de participer aux exercices ainsi qu'aux manœuvres. Il restait en chambrette, vêtu de son survêtement bleu, à regarder des émissions ineptes sur un téléviseur miniature dont il ne cessait d'orienter l'antenne ; quand je rentrais, exténué par les cours ou les épreuves physiques (natation, parcours du combattant, montage-remontage chronométré de Famas), Hütt ne supportait pas, pauvre chéri, que quelqu'un vînt troubler sa somnolente quiétude.

« Je t'ai vu, au PC. Tu étais ridicule ! » me lança-t-il lors d'une fin de journée pluvieuse et glacée. Il est vrai qu'ayant pris l'échauffement à la légère j'avais rencontré des problèmes de réception. Le parcours du combattant (PC) n'était pas une épreuve déplaisante ; nous avions la sensation brutale, infantile, d'être des guerriers.

Le premier obstacle, composé d'une échelle de corde accrochée à un portique d'une hauteur de cinq mètres, que j'avais franchi « en soleil », s'était laissé vaincre. Il s'agissait de saisir les cordes avec les deux mains, pouces tournés vers le corps, de poser les pieds sur les échelons, contre les cordes, les genoux passablement écartés, de monter en conservant, selon les recommandations de l'adjudant Troumieux, « trois putains de points d'appui », tout en collant bien à l'obstacle. Au sommet, l'on pouvait opter pour l'enroulement ventral ou le soleil – une pirouette.

L'obstacle numéro deux se constituait de deux poutres horizontales, jumelées, distantes d'un peu moins d'un mètre, de hauteurs différentes. L'obstacle numéro trois, très traître, se présentait sous la forme de réseaux à enjamber ; il m'avait coupé le souffle. J'avais, selon les instructions, franchi le fil en remontant le genou au maximum, le « pied en putain de flexion ». Obstacle numéro quatre : ramper comme dans un film de guerre, franchir un gué sur cinq plots disposés à intervalles réguliers – en louper un signifiait l'entorse immédiate. S'arrêter sur l'un d'eux équivalait, pour Troumieux, à un crime de lèse-majesté. Suivait, numéro cinq, l'épreuve de l'espalier : une formalité. Numéro six, la poutre d'équilibre s'avérait un stand plus délicat à gérer, mais sans vice particulier – progresser à petits pas, « la pointe des pieds tournée vers le putain d'extérieur », jambes légèrement fléchies, descendre en s'accroupissant. Arrivé, numéro sept, au rail vertical, on commençait à fatiguer. C'est là que j'avais chuté, roulant sur le sol après une réception désastreuse.

D'où la remarque de Hütt, que je rouai de coups. Je fus convoqué, ne fus point puni – tout le monde avait rêvé qu'une correction vînt tôt ou tard tempérer l'arrogance du planqué. Huit ans plus tard, habitant dans le dix-huitième arrondissement parisien, je trouvai dans ma boîte aux lettres un mulot éventré, calfeutré dans une petite boîte de métal cabossée. Sur la peau blanchâtre de l'animal, j'avais pu lire, inscrit au marqueur noir : « Crève, salope. » Il me fallut cinq années de plus pour que, à la suite d'une indiscrétion, le nom de l'auteur me fût révélé. Il s'agissait du tire-au-flanc moqueur à tendinite. *Tijnou* !

2. – Il neigeait sur Canjuers. Nous portions nos tenues d'hiver ; gants, parka, chaussettes de laine. Les flocons dansaient dans l'air blanc. Les batteries de chars, alignées, attendaient les ordres ; en haut d'une colline, nous calculions les trajectoires avant que de donner l'ordre aux canons de tirer sur une fermette isolée située à quatre kilomètres de notre position. Les engins étaient stationnés en amont ; nous les entendions cracher leurs missiles au-dessus de nos têtes. Nous possédions le feu. Nous orientions les canons par pointage sur un viseur optique, vérifiions leur inclinaison, passant de la gueule de l'un à la gueule de l'autre. Suivait, solennelle, la mise en position d'attente de la batterie.

Ce jour-là, à Canjuers, je me trouvais assis dans mon char, attendant avec mon nouveau binôme, l'X Egoroff, que l'officier de tir donnât le feu vert pour déclencher nos rafales. Nous nous taisions ; je regardais les flocons virevolter par le hublot de l'habitacle. Je pensais doucement à la mort. Je me demandais si j'allais m'éteindre dans mon lit, comme les gens sans aventures, ou dans une guerre par laquelle je serais désormais apte à donner des ordres. Je rêvais d'offrir mon avenir à l'éternité, sous la forme d'un spectre, hantais mon enfance, les lieux réchappés du souvenir, visitais jusqu'à la lie les couloirs de jadis. Me manquait la pitié : je ne pleurais ni sur moi, ni sur les autres. J'étais un reptile, d'un sang froid comme l'hiver, incapable de larmes, sauf quand il s'agissait, implorant, d'échapper à l'imminence d'une rupture sentimentale.

Egoroff rota. Instantanément, je souhaitai sa mort. Je n'aimais pas Egoroff. Il était issu d'une famille « supérieure », consacrée par la réussite républicaine : quatre générations de polytechniciens ornaient son arbre généalogique – il n'avait fait que venir se poser sur la branche la plus verte. Le concours n'avait été pour lui qu'un adoubement.

Il se mit à dégoiser des lieux communs ; des volutes d'air glacé sortaient de sa bouche. Son frère, plus âgé de quatre ans, s'était donné la mort par pendaison dans les soupentes d'un lycée parisien prestigieux : il n'avait, à l'issue de sa première année de mathématiques spéciales, intégré que l'École centrale et avait dû, toute honte bue, redoubler cette classe éprouvante afin, cette fois, de décrocher l'X. Exsangue à l'approche des concours, horrifié à l'idée d'échouer une nouvelle fois, il avait préféré se passer la corde au cou. L'Egoroff que j'avais en face de moi éprouvait du dégoût pour ce frère renié désormais par toute la famille : un médiocre, un renégat – un lâche. « Chez nous, mieux vaut être un cadavre qu'un centralien », lâcha-t-il en grimaçant. J'eusse éprouvé du plaisir à l'étrangler. Rien de plus simple, au fond. Il m'eût suffi de serrer sa nuque, de compter jusqu'à dix, de laisser tressauter son corps prétentieux, de le laisser se raidir et taper du pied sur le sol froid de l'engin, le tour serait joué : il n'eût pas mis davantage le pied à l'X que son malheureux frangin. Une accalmie se fit dans ma tête. Les flocons neigeux continuaient de tourbillonner. Nous attendions un ordre qui ne venait pas.

« On s'ennuie, là », glissa Egoroff. Je souris. Je jouissais d'une vie intérieure plus riche que la sienne. Je me trouvais – il fallait qu'il s'en avisât – dans une position extatique permanente : celle de l'homme qui, revenu de tous les savoirs, de toutes les croyances, rompu à toutes les expériences, dénichait en ses propres tréfonds le moyen de faire fonctionner l'univers.

J'eus envie de faire des pompes ; la place manquait. Depuis la tourelle, le caporal Maas s'ennuyait aussi, qui sifflotait une mélodie arrachée au Top 50. Le père de Maas l'avait contraint à effectuer son service malgré une malformation congénitale qui le rendait normalement inapte au recrutement. Mais chez les Maas, un fils qui n'eût pas effectué son devoir ne méritait pas qu'on continuât à le considérer comme tel et, la mort dans l'âme, il avait obtempéré. « On ne naît pas fils, on le devient ! » beuglait son paternel. C'était un rouquin enjoué, un brin dodu, les dents écartées, qui parlait exagérément de sexe : il ramenait tout à la viande humaine et à ses acrobaties. Il consommait sans s'en cacher force vidéos pornographiques lors des permissions ; il prétendait les regarder en compagnie de sa dulcinée, Deborah, infirmière à Chalon-sur-

Saône. Il escomptait l'épouser pour « ne pas qu'un autre puisse peloter ses énormes pêches ».

Le froid commençait de mordre ; nous fîmes tourner le moteur à plein régime – trop longtemps livrée au givre, la machine se révéla inchauffable. Egoroff voulut savoir si je croyais en Dieu. « Je voudrais me débarrasser de cette question », ajouta-t-il en se grattant les testicules. Il avait l'air d'un vieux déjà, ressemblant à ce qu'il ne manquerait pas de devenir : un homme hautain et mauvais, rongé par l'aigreur. Son haleine crachait un remugle de pneu crevé. Sa brebis galeuse de frère suicidé viendrait le visiter dans ses nuits de grand âge, blasphémant à tout-va, se posant sur le traversin, s'amusant à lui cracher au visage en ricanant. C'est ainsi que j'aperçus le seul Dieu qui pût me seoir : un crachat. Un crachat au visage des hommes, rempli d'humeur et d'algues, un crachat bien visqueux qui s'écoulerait sur le visage d'Egoroff. « Dieu n'est pas au ciel, commençai-je. On le trouve, non sur la croix des églises ou vers la nef des cathédrales, encore moins dans la direction des étoiles, mais le long des marais, autour des étangs, étalé sur le sol parmi les touffes d'herbes et de roseaux, au milieu des ajoncs, capturant des insectes. Nous sommes ces insectes. » « On ne peut jamais parler sérieusement, avec toi », se plaignit Egoroff. Autour de nous : l'hiver, la neige, la désolation – le silence.

Il revint à la charge : « Tu crois en Dieu ou pas, bordel de chiotte ? » Je ne répondis pas. « Moi, quand je regarde le firmament, je vois tout ce que j'ignore, et tout ce que j'ignore, c'est lui, c'est Dieu. C'est cette ignorance que les hommes ont en commun. C'est cette ignorance qui nous fait prier. C'est cette ignorance qui nous fait nous rassembler. » L'officier de tir donna l'ordre de faire feu. Ce qui restait de la fermette vola en éclats ; les ruines devinrent des ruines de ruines.

Egoroff me lança un regard satisfait ; nous avions accompli du beau travail. Je notai les tirs sur le carnet de bord, transmis les résultats par radio à l'autorité. Lorsque nous sortîmes de l'habitacle, la neige nous cingla le visage. Je repensai à notre « conversation » ; Egoroff avait eu la prétention d'échanger sur la transcendance, lui dont la nature profonde était une insulte au mystère. Ce sinistre personnage, égoïste et cruel, toujours partant pour humilier les plus faibles, n'était à l'aise que dans les mises en scène spongieuses : il avait multiplié les farces macabres en chambrées, était détesté de presque tous au sein de la section. Il créait le malaise aussitôt que, de l'ombre fétide où elle logeait, surgissait sa carcasse hautaine et satisfaite (« À l'X, on est l'élite de l'élite de l'élite. De l'élite ! »). Plus tard, je réviserais la sévérité de mon jugement. Egoroff avait passé une bonne partie de son enfance à se faire sodomiser par son père.

Il se scarifiait régulièrement – une manie ; un psychiatre eût pu le faire réformer en un claquement de doigts, mais un polytechnicien se doit d'effectuer son service national, d'une part, en tant qu'officier, d'autre part. Informé des sévices qu'il avait endurés, je me rapprochai de lui. Nous devînmes presque amis. Un soir d'automne, sur le balcon de notre chambre, à hauteur de cyprès, nous eûmes une conversation plus profonde que celles auxquelles mon binôme m'avait habitué. Egoroff avait allumé une cigarette. Ses yeux s'étaient embués. Il s'était mouché de manière tonitruante, avait éclaté d'un grand rire sonore et pissé du deuxième étage (je revois son jet parabolique). Il s'était assis sur une chaise défoncée où séchaient nos chaussettes : « Dieu, c'est mon grand frère mort. Il est devenu mon petit frère parce que j'ai dépassé l'âge auquel il est parti. Je l'ai toujours aimé. Il s'est suicidé parce que mon père l'a violé, lui aussi. Les concours, c'était un prétexte. Il aurait intégré sans problème. Il était meilleur que moi. Je suis vivant. Pourtant je suis mort. Mort et polytechnicien. »

3. – Nos pas soulevaient la poussière. Nous marchions depuis des heures. L'adjudant Troumieux nous narguait à chaque étape, faisant mine de nous proposer des boissons : « Alors, Moix, alors, Peyrin, alors, Magnenat, vous êtes à la peine, mes toutes douces ? Regardez, moi : la petite binouze qui va bien, superfraîche, *sea*, *sex and sun* ! Et attendez, mes cocos ! Tout à l'heure j'irai me revigorer la couenne chez la Mère Casse-bite, cinquante balles la turlute ! » La chaleur était lourde, pesant sur nos casques, paquetage sur les épaules, pouces sous les sangles. Les pierres alentour étaient sèches, le sol, craquelé. Pins parasols et cyprès, aux cimes légèrement brisées, créaient un décor de vacances, agrémenté par le chant des cigales. Pour ne point craquer, j'admirais – à bout de forces –, tandis que cliquetaient les bidons presque vides, le vert bleuté (tendant vers le gris) des ifs aux silhouettes chatoyantes. Leurs feuilles étaient tendres, leur écorce, lisse. Devant moi dans la colonne avançait tel un pantin démantibulé l'élève officier de réserve Delphis ; derrière moi, dont je sentais sur ma nuque la respiration hachée, Robidoux. Tous deux de gros matheux.

Delphis s'extirpe doucement de la brume des années ; je me rappelle son visage par visions fragmentaires. Il était fier, enfant, d'avoir mangé du chien – son père servait alors la France comme diplomate à Séoul. Je le revois rampant, en plein PC, dans un ralenti cinématographique. Il apparaît, tandis que j'écris ces lignes (14 avril 2019), frappé d'une luminosité cristalline, de la poussière sur les rangers, du pollen saupoudrant ses cheveux ras aux reflets orange. Il s'était, lors de cette marche de cent kilomètres étalée sur trois jours, porté volontaire pour se charger du matériel de transmission, transbahutant le poste téléphonique de campagne (TRPP13), lequel, impitoyable, faisait régner ses dix terribles kilos sur ses épaules frêles. Delphis avait cherché à s'attirer les bonnes grâces de Troumieux – qui ne s'en était point ému.

Le capitaine Vidal marchait devant, ne se retournant que rarement. Il n'était guère partisan des pauses, arguant qu'elles coupaient le rythme et les jambes. Lors des phases d'épuisement général, pour nous donner le courage d'avancer sous ce soleil brutal, l'élève-chant, Lacassagne, sur ordre de Vidal, lançait l'un des hymnes que contenait notre carnet de chant. « Dans la brume et la rocaille » revenait souvent ; il constitue la bande originale de ce pan si particulier de mon existence.

Dans la brume et la rocaille
Soldat marche au combat
Loin de chez ta bien-aimée
Soldat tu souffriras

Des chardons – fleurs disposées en capitules rosâtres – bordaient le chemin. J'en fis des compagnons de marche, les dotant d'une conscience. Les étamines figuraient les yeux, la corolle leur bouche grande ouverte. Ils me rappelaient les poudreux sentiers d'Amalfi, installés sur les bords montagneux de la mer. Leurs épines ébauchées se découpaient avec netteté sur le ciel cru. Il existait une tristesse propre au chardon ; sa tige, ses épis véhiculaient une mélancolie de chaleur blanche et d'été solitaire, quand la désolation s'empare tout à coup de nous. Dans cette marche forcée, je me sentais bien parce que en groupe ; je n'étais pas livré à cette solitude visqueuse, impitoyable, que je connaissais si bien et que je craignais davantage encore lorsque les jours étaient beaux et brûlants. Autant je m'étais toujours accommodé de ma seule présence parmi les heures de pluie ou dans les nuiteux épisodes de l'hiver, autant mon univoque compagnie, dès les premières empreintes du printemps, avait cessé de m'inspirer les idées les plus noires.

Delphis trébuchait parfois sur un caillou, manquant de s'affaler de tout son long avec le matériel. J'eus envie de m'arrêter pour pleurer de bonheur, au milieu des fleurs et des senteurs ; le soleil, cette compagnie groupée, les invisibles amitiés tissées sur le simple événement de la conscription me révélaient que, la gorge brûlée de poussière et les yeux piqués par le feu solaire, on pouvait ressentir de la joie à être mélangé au nombre, élément parmi les autres d'une impeccable camaraderie.

Tu lutteras pour la France
Et pour sa délivrance
Tu tomberas un beau matin
Sur l'un de ses chemins

Je n'avais aucunement la sensation d'être là pour la France ; j'effectuais un voyage poétique au bout de moi-même, sans réticence, m'incrustant dans une réalité qui n'avait jamais été la mienne, couleur de guerre, m'y fondant totalement. Je n'établissais pas le plus petit rapport entre la défense de la nation et ma présence ici, vêtu de kaki, le dos trempé, enfermé dans l'effort. J'étais un élève officier normal, régulier, solide, mais l'histoire que je me racontais ne contenait pas le moindre combat à venir ni le plus minuscule pays à protéger. L'expérience me comblait par son extrême gratuité, comme si j'eusse tourné tel un derviche sur la pointe d'une aiguille. Le bonheur, que nous cherchons en vain, se situe sur ce chemin désolé, écrasé par la canicule, tandis que je suffoque au milieu d'êtres similairement accoutrés que je ne reverrai jamais.

Lorsque Delphis s'écroula, je ne réagis pas immédiatement, butant contre son corps étendu. Je manquai de chuter à mon tour. Le capitaine remonta la colonne et s'avisa du cas ; Delphis ne bougeait plus. On avait entendu son casque lourd cogner sur le sol poudreux, en un choc mou, presque duveteux. Vidal vida son bidon sur le visage (spectral, absent) de notre camarade évanoui. Pendant que Delphis reprenait ses esprits, le capitaine m'incendia : j'étais un mauvais soldat ; assistant aux premières loges au supplice de celui qui me précédait dans la colonne, l'idée ne m'avait pas traversé l'esprit de proposer mes services à mon camarade en le délestant de son fardeau. Je fis amende honorable ; Vidal m'adressa un regard noir suivi d'une insulte maugréée que je ne parvins pas à décrypter.

Delphis, dont j'héritai le TRPP13, reprit la marche derrière le capitaine – sous surveillance. Il s'était excusé. Vidal avait explosé : « Le premier qui s'excuse encore, je lui fous mon pied au cul. Ici, on ne s'excuse pas ! On n'est pas à l'Opéra Garnier en train de marcher sur le pied de Yolande ! Ici, on assume ! Et on ferme sa putain de grande bouche ! » Je pesais lourd désormais. L'appareil était mastoc, comprimant la vessie. J'imaginais qu'une amoureuse, placée dans le ciel sans nuages, assistait à mon merveilleux calvaire, remplie d'admiration.

Je me voyais en martyr content, ravi par l'épreuve, observé bientôt par toutes les filles que j'avais aimées sans jamais le leur dire. Je jouissais de ma punition ; elle était venue renforcer l'héroïsme dont le service militaire me dotait sans cesse, que je n'eusse jamais trouvé ailleurs, dans ces péripéties amoureuses où, voulant gagner la gloire au nom de l'aventure, je ne m'étais jusque-là vautré que dans le ridicule. Déployant mes dernières forces, plaçant avec difficulté un pied devant l'autre, anesthésié par la douleur (tendinites, ampoules, courbatures), je me situais dans un univers extravagant où nul caprice n'était possible. Des heures de cette même marche aveugle, abrutissante, absurde, se déployaient encore devant moi, que j'acceptais tout simplement parce que je n'avais pas le choix – cette privation de liberté, chargée de mille fatigues, me comblait. Je ne décidais ni de mon allure, ni de ce que je chantais. Bientôt mon esprit se vida tout à fait ; j'étais ivre des kilomètres parcourus, sans autre douleur – quel luxe extraordinaire ! – que la douleur physique. On me libérait, sur ces sentes abîmées, craquelées, parmi ces roches fendues, de mes souffrances « psychologiques ». Je n'étais plus qu'un corps. C'était ce à quoi, depuis toujours et sans m'en douter, j'avais aspiré. Je coïncidais enfin avec ma biologie, je devenais mon souffle, ma respiration, mon enveloppe et mon sang, mes viscères et ma sueur.

Une charogne de rongeur, auréolée de mouches vrombissantes, croupissait près d'une touffe de thym. Plus je cherchais les adjectifs pour en dire la putréfaction, plus l'inspiration se flétrissait – je n'étais pas fait pour la littérature, mais pour la fièvre et les randonnées sans fin, les rigueurs démesurées, le métier des armes. Je serais voué pour la vie à obéir à des capitaines jaillis de derrière les ifs, dans la fidélité des ordres et l'aveugle respect du règlement. Les rayons du soleil s'enfonçaient dans mes yeux comme des épingles ; je crus défaillir – mais je ne voulais rien manquer de cette peine qui me procurait tant de joie. Pour rien au monde je n'eusse raté une seconde de cette expédition vers nulle part. Toute la journée, je pensai à la charogne laissée derrière nous ; loin de m'épouvanter, elle me servit, jusqu'à l'apparition des premières étoiles, de *vibration*.

Loin de tous ces chacals
Qui portent les cheveux longs
Tu garderas ton idéal
Et toutes nos traditions

4. – Par une aube piquante, devant le feu de camp (la scène se déroule à Canjuers), j'aperçus au loin, derrière un rideau de bouleaux, le colonel s'entretenir avec le capitaine. Je me doutais – l'instinct est le meilleur des radars – que leur conversation me concernait. Le ciel était livide. Le capitaine Vidal s'approcha de nous à petits pas, ce qui ne lui ressemblait pas, puis de moi. « Moix, Marc Parant, c'est un ami à toi ? » J'acquiesçai. « Il y a eu… » Le capitaine me passa la main sur la tête. « Il est mort. » Il ajouta : « Courage, moussaillon. Si tu as besoin de parler, tu sais où me trouver. »

Des cendres virevoltaient ; le feu claquait. Je fis bouger une bûche avec mes rangers recouvertes de poussière et de boue craquelée. Je ne réalisai pas immédiatement que la mort s'était emparée d'un ami, de deux années mon aîné, avec lequel j'avais dix ans plus tôt, à Orléans, commis de désolants exploits dont je réserve les détails pour plus tard (encore que je finis par éprouver du dégoût pour la transcription des épisodes de mon passé, quand la fiction pure m'attend quelque part de pied ferme).

Parant était passé par de nombreux avatars. Je

l'avais d'abord connu hippie, ne jurant que par John Lennon et Jerry Garcia, arborant fièrement sur un gilet d'alpaga le badge de l'anarchie. Il composait des mélodies engagées sur une guitare sèche mal accordée sur la caisse de résonance de laquelle il avait, au feutre indélébile, dessiné des arabesques psychédéliques. Il portait l'hiver un manteau à brandebourg (les boutons, proches de se décrocher, avaient la forme de bûchettes) et capuchon, de couleur beige et à poches plaquées, comme Simon & Garfunkel sur les pochettes de leurs 33 tours. Je me souviens de son « cahier de poésie », entièrement rédigé à la plume creuse de roseau, où, d'une écriture agitée, il égrenait des stances délirantes.

Un beau jour, Parant, sans crier gare et sans plus m'adresser la parole, opta à l'étonnement général pour la posture punk ; il coupa drastiquement ses cheveux, les teignit lui-même en vert fluorescent, les parsemant de zébrures rose bonbon. Des épingles de nourrice fleurirent sur ses vestes écossaises patiemment déchirées. Délaissant sa guitare folk (une Ibanez), il se tourna vers la version électrique de l'instrument (une Fender Telecaster). Il massacra Salope (le petit nom de sa guitare) « sur scène » lors de concerts effectués dans des hangars désaffectés sous l'étendard de son groupe, Reich n'Love. Parmi leurs compositions, me reviennent en mémoire « Gestapopoff », « Sodomitterrand », « Lâchez les chiennes » et « SS Blues ».

Dans ces morceaux, composés pour la plupart sous l'effet de la Kronenbourg et qu'il éructait perché sur un bidon d'essence sartrien (d'où il chutait à peu près systématiquement), il était question de la déliquescence de la société de consommation, de l'impossibilité de tout futur viable et des horizons de la mort, dont les décharges publiques incarnaient le provoquant magistère ; quant aux fréquentes références à l'Allemagne nazie, dont toute forme de bourgeoisie était l'inéluctable alliée, elles entendaient symboliser le pourrissement des valeurs occidentales depuis 1945. Dans « Maquis maquillé », Parant poussa la provocation jusqu'au bout, expliquant par les mots les plus crus que la Résistance n'avait été qu'une ruse pour les homosexuels de pouvoir se rencontrer à l'échelle nationale et de copuler à leur guise sous couvert de combat pour la liberté.

J'ai vu une fois – une seule, *mémorable* – Parant en « concert » (salle du Baron) avec son groupe, démantibulant sa Fender, dans des larsens à devenir sourdingue. Puis Marc, qui jamais ne cessa de lire des ouvrages d'anticipation, vira new-wave, ressemblant soudain à un *minet*. Il devint l'émule de groupes aujourd'hui regroupés dans l'encyclopédie de l'oubli. C'est durant cette période, passant ses nuits à écouter en boucle les deux premiers LP de Cure, qu'il devait développer sa théorie selon laquelle *seule la basse comptait*.

Ensemble, nous tentions de séduire les filles. J'avais honte, en compagnie de Parant, de dévoiler mes véritables passions littéraires ; je lui mentais, prétendant, pour ne point perdre son amitié, être à jour avec Lovecraft, auteur « génial » dont je n'ai jusqu'à ce jour pas lu une traître ligne. Nous nous perdîmes de vue ; je le croisai dans le train Paris-Orléans quelques semaines avant mon incorporation en compagnie de sa femme et de son bébé. Un produit pharmaceutique censé soigner les addictions aux drogues, dont il était devenu dépendant, avait ruiné son estomac et entraîné sa mort.

La pluie crépitait, étouffant doucement le feu ; je soufflais sur les braises. Nous nous préparions pour une séance de lancer de grenades. Le capitaine Vidal me proposa d'avoir quartier libre tout en me conseillant de refuser : la présence de mes camarades serait plus saine que la morbide proximité de mon deuil. L'adjudant Troumieux nous fit subir une épreuve de montage-remontage de Famas, importante dans l'établissement du classement final, et que je redoutais. Le plus rapide de notre promotion était de *très loin* Housson, suivi de peu par Fournols (pousser la goupille d'assemblage du boîtier de mécanismes de la gauche vers la droite à l'aide – l'astuce facilitait la tâche – de la goupille d'assemblage de crosse). Je « psychotais », incapable de pousser ladite goupille de la masse additionnelle sur le tube de récupérateur. Peyrin battit Housson, qui en fit une jaunisse. Levesque échoua à séparer la masse additionnelle de la culasse ; Delphis eut du mal à retirer le percuteur de son logement.

Cette journée d'ami mort m'apparut normale à la fois dans ses détails et dans sa globalité. La réalité, en son architecture, ne fut pas modifiée ; je ne parvins pas à la tristesse souhaitée. Les armes cliquetaient, l'adjudant chronométrait, nous insultant avec l'outrancière poésie dont il possédait la recette. J'avais eu jusque-là une vision grandiloquente, tronquée, de la mort des amis – j'avais perdu Dussutour, j'avais perdu Mozec : leurs disparitions avaient eu la forme de gravures aussi précises qu'irréelles. Avec la mort de Parant je progressai en « effet de réel », mais son académisme, son trop-plein de véracité m'empêchèrent de souffrir à plein. Les sanglots refusaient d'advenir ; je fus gêné par cette impuissance à me sentir démoli.

L'adjudant débuta son cours « théorique », nous distribuant à chacun une grenade à plâtre. Troumieux aimait cette arme – chaque fois que l'un de nous avait les mains dans les poches, il lui lançait : « Si tu as une couille qui explose, tu vas avoir les mains arrachées ! » « Les grenades à main, serinait-il comme un charlatan du Tarn vendant son savon au romarin sur un stand de marché, se constituent de projectiles explosifs ou à effets spéciaux, comme les fumigènes incendiaires, les fumigènes simples ou les lacrymogènes. Elles sont destinées, n'en déplaise aux jolis cœurs, à neutraliser ou à détruire des objectifs rapprochés et défilés qui ne sont pas *justiciables* du tir direct. Planchon va me répéter ce que je viens de dire sur l'air du "Pont d'Avignon" ! »

La pluie tomba de nouveau. Le souvenir de Parant revint se promener sous mon casque lourd. Lui avait été réformé. Je lui avais fait découvrir Ponge, Char et Michaux – Péguy, sur lui, ne « prit » pas. La douleur en moi commença de s'insinuer de matière inattendue : par la littérature ; par le roman, rempli de larmes que, demain, après-demain, je me mettrais à écrire. Cette disparition, cette perte, je les transformerais en gloire. Ce mélange de forêt, de massifs montagneux, de pluie froide, de service en campagne, de compagnie chantante, de marches forcées, d'ordre serré constituait une *aventure poétique* ; la vie venait d'ajouter à la radicalité de ce que je vivais la radicalité plus radicale de la mort.

Les yeux rougis, je m'émouvais des phrases et des chapitres que je n'avais pas encore rédigés – je versais des larmes intérieures, non pour ce décès en tant que tel, mais pour la beauté des passages que je ne manquerais pas de lire, de relire, après les avoir écrits. Dans la réalité, cette mort était approximative, semblable à une petite ville que je ne visiterais plus ; dans mon œuvre, elle serait une interminable nuit d'hiver ; la littérature, offerte à la puissance de mon génie, viendrait s'offrir à ce chagrin. J'écrirais ce livre, ce serait mon premier roman ; je débuterais ma carrière par ce « tombeau à un ami », passager de mes jours, qui revivrait sur les épaules de mon succès. Il renaîtrait de ses cendres, comme le feu de camp que je parvins à faire redémarrer, aidé par Delphis, en soufflant dessus.

La nuit qui suivit fut pénible ; je ne trouvai pas le sommeil. J'abandonnai mon douteux projet. Parant demeurerait dans son inaccessible mystère, dérisoire parmi la foule des morts. Mon art ne souillerait pas sa mémoire – j'irais me promener dans le cimetière de sa tombe, cherchant moins sa compagnie que sa présence. Les étoiles pullulaient sur le macadam céleste. Au loin, un chien aboya. Puis ce fut le silence, un silence fait de millions de particules de suie qui confirmaient l'achèvement du monde. L'odeur des bûches fumantes et mouillées se dissipait dans l'air glacé ; des volutes formaient un nuage blanchâtre que je reçus comme un visage qui s'offre.

5. – J'étais de garde cette nuit-là, près du hangar de l'ALAT (aviation légère de l'armée de terre). La nuit se dilatait ; des faisceaux d'étoiles se répandaient dans le ciel noir comme des pensées merveilleuses. Pendant deux heures, livré à la solitude, fusil sur l'épaule, je me sentirais comblé : je ne supporterais aucune présence que celle de l'infini. Des craquements, des bruits. Je me plongeai dans une méditation que d'abord je crus profonde, mais qui m'apparut médiocre ; je cherchai un ravissement qui m'eût accaparé – je me laissai longer par ce silence qui se frottait contre moi comme un gros chat sale. Ma contemplation cessa d'être céleste ; j'avais des ampoules aux pieds.

Mon imagination vagabonda. Bientôt je serais aspirant ; Troumieux ne m'aboierait plus dessus. J'allais choisir un régiment dans lequel j'officierais à mon tour comme chef de section. Étant un des moins doués de ma promotion, je n'obtiendrais qu'une affectation dans une région reculée – Verdun, au 3e Rama (régiment d'artillerie de marine). Je comptai les feuilles dépassant d'un buisson d'aubépine. Mes camarades et moi allions nous séparer, dispersés dans les régiments. Nous ne nous reverrions jamais.

Je ne connaissais rien du désir des autres ; j'avançais dans l'existence en aveugle, vaguement conscient que j'écrirais des romans. J'étais heureux d'être en faction dans l'obscurité, à surveiller une zone vide, que nul ne viendrait ni visiter, ni violer, ni fouiller ; cette privation de sommeil n'avait aucun sens – une bénédiction. À l'idée de perdre mes pairs de vue, mon cœur se serra.

Nous avions sué ensemble, arpenté la corde lisse de concert, couru chaque matin, unis, douze kilomètres sur un parcours caillouteux ; nous nous étions fait des entorses, avions subi des contusions. Sous cette sueur, dans la multiplication brutale des ordres, s'étaient introduites par une porte dérobée de secrètes beautés. Une des vitres fissurées du hangar me renvoyait une image torsadée de ma silhouette. Mon béret était trop large ; mon pantalon de treillis trop lâche. Mais dans cet accoutrement auquel j'avais fini par m'habituer, j'avais cessé de me faire pitié. Je me sentais grotesque et présent ; j'avais trouvé ma place. Cette place, dérisoire, était reliée aux lendemains par un fil magique. J'étais fourbu, mais rempli d'un avenir qui avait fini par me ressembler. Je ne possédais pas le moindre intérêt – du moins coïncidais-je avec cette magnifique insignifiance. Sentinelle à son poste, j'étais un homme à sa place. Je ne chercherais pas la gloire : j'entreprendrais un voyage plus simple, jusqu'au bout de mon caractère, de mes penchants, de mes tares – de ma folie. Je ne chercherais ni à m'exagérer ni à m'économiser.

Ce fut Magnenat qui me releva. Il m'avertit que Donbon venait de vomir dans la salle de garde, que l'odeur qui s'y répandait était infecte ; il avait dit vrai. Dans ces effluves insupportables, je ne trouvai pas le sommeil. Je sortis prendre l'air. Donbon était dehors, assis sur un rebord de pierre ; il grillait une cigarette légère. Ce personnage gras, rigolard, douteux, voici que dans la substance nuiteuse de l'univers, il atteignait (sans que ce fût en rien volontaire) une sorte de grâce. Il m'apparut dans sa vérité, lamentable, parfaitement humain. Cet homme était né, il avait souffert, il avait dû connaître des deuils, combattre des démons. Vivifié par son être, qui me sembla stupidement mystique, je m'émus de sa persistance dans les années ; Donbon était parvenu jusqu'à ce muret de pierre sans jamais mourir une seule fois. Des dispositions intérieures, extérieures, des miracles biologiques, des circonstances physiologiques favorables, une énergie de chaque instant – ou presque – lui avaient permis de se trouver là, à mes côtés, à fumer son clope. Nous étions des rescapés de cette chose minuscule et impensable qui s'intitule vivre. Nos organes fonctionnaient ; ils nous avaient, à chacun, octroyé la possibilité de blaguer sous la Voie lactée, de crapoter, de rire, de décrire le corps des femmes – de raconter n'importe quoi.

Donbon serait lui aussi calamiteusement classé. Il avait obtenu des notes catastrophiques en repérage-destruction des mines et pièges en zone boisée. Il plaça une nouvelle cigarette entre ses lèvres ; je l'accompagnai, toussotant. Les guerriers fument. Donbon me raconta ses rêves – il se destinait à la peinture. Un gazon moelleux s'étendait devant nous ; nous nous y assîmes. L'herbe était trempée. Nous nous relevâmes en riant. Les feuilles des hêtres ne bougeaient pas. Elles émettaient des reflets bleus. Nous continuâmes de bavarder ; le sentiment d'une indicible joie ne me quittait plus. Nous étions le néant. Tout le monde dormait, sauf Magnenat devant mon hangar de l'ALAT devenu le sien, Lépine installé à son poste près du complexe sportif et Richer, qui faisait le guet aux abords du dépôt de munitions.

Donbon, dépressif, commença de me décrire les ténèbres qu'il était amené à visiter ; il prenait des « cachets ». Il faisait des cauchemars, rencontrant son propre cadavre décomposé qui le saluait en ricanant. « Je suis un drôle de bonhomme », avait-il lancé avec son accent du Sud. Il n'avait couché qu'avec une seule fille, Anne. Elle avait porté plainte contre lui à cause des « travers agressifs » de Jean-Alain. Il se plaisait à la tourmenter, lui promettant de l'abattre si elle venait à le tromper. La jeune femme était tiraillée entre deux amants : Donbon, dont elle appréciait l'humour subtil, et Valette, un charcutier brutal qui lui procurait au lit un plaisir indicible « quoiqu'un peu ridicule ». Lorsque Donbon l'apprit, il fut pris d'un accès de folie et tenta de mettre le feu à l'appartement de sa dulcinée. Accompagné d'un ami, le père d'Anne, après une sournoise filature, avait passé mon camarade à tabac. Donbon escorté de manouches était revenu à la charge, plaçant le paternel ligoté dans le coffre de sa voiture. Pris de panique, il avait détaché sa victime avant de se confondre en excuses – Anne retira sa plainte.

Il me demanda ce que je voulais faire « plus tard » ; je répondis : « Me consacrer à la littérature. » Lui avouant ma vocation, je me signais un chèque en blanc ; par une outrancière transfiguration de mes dons, je me précipitai dans une figure dont je n'incarnais que la prétention sans en avoir éprouvé les difficultés. La puissance foncière que ce « métier » (ce n'était pas un métier) réclamait, les qualités qu'il exigeait, je me les prêtais d'avance. Je me faisais crédit. Prononcer le mot « écrivain » me procura une sensation d'extrême bonheur – plongé dans la nuit aux côtés d'un ami, mon ambition devint claire. Nulle part au monde on ne m'empêcherait de me retrouver seul devant une feuille stylo en main. Je m'emporterais partout ; je serais portatif, facile à ranger, guettant moins la renommée qu'une tranquillité sur mesure, faite d'heures passées à revivre ce qui plus jamais ne serait. Il faudrait faire advenir une seconde fois le hasard, injecter de la mélancolie dans les choses, de la folie dans les gens ; restituer la laideur des terrains vagues, le parfum des croissants au petit matin ; décrire la texture des pleurs, la tristesse d'avenues bordées de tilleuls ; il s'agirait de compter le nombre des pierres sur les maisons ; ce travail pour lequel personne n'est fait ne plaît qu'aux enfants et aux fous. Décrire la mer – les rochers, les nuages, les plantes grimpantes, les végétaux ; le cosmos – froid, vitreux, profond, décrire Jean-Alain Donbon écrasant sa cigarette en tournant son pied pour l'enfoncer dans le sol comme un cafard hideux.

III

3e RAMA

1. – Le 3e régiment d'artillerie de marine (3e Rama) était situé à Verdun. Je fus affecté pour commencer dans la section du sous-lieutenant Drouet. Je l'assisterais pendant un mois. Nous aurions à former les nouvelles recrues. J'étais passé de l'autre côté de la barrière. Je donnerais des ordres à mon tour. J'étais sorti avant-dernier de ma promotion de Draguignan. Mes galons d'aspirant collés à la poitrine, je n'avais plus qu'à essayer de me faire respecter de ceux qui se situaient au-dessus de moi et de ceux qui se situaient en dessous.

Le sous-lieutenant Drouet, d'abord conscrit, avait décidé d'entrer dans « l'active ». C'était un personnage pittoresque, court sur pattes, grassouillet, zézayant, doté de rares cheveux aux reflets orange. Il m'expliqua sur un ton sérieux, quelque peu outrancier, contrastant avec son allure de personnage de dessin animé, qu'avoir la responsabilité d'une section de jeunes appelés représentait une charge lourde doublée d'un honneur. La tâche était crispante, mais noble. Il m'interrogea sur mon cursus, surjouant de son ascendant. Un seul grade nous séparait : Drouet me signifiait qu'il s'agissait là d'un infranchissable abîme.

La section arriva ; je me revis quelques mois plus tôt, cheveux longs bouclés, vêtements louches, chewing-gum en bouche. Ces pioupious hébétés n'appartenaient pas à la hautaine élite de la nation ; ils ne déboulaient ni de l'École nationale d'administration ni de la Sorbonne. Tous portaient des noms de province et guerre de 14, des patronymes qu'on rencontrait chez Maurice Genevoix (un auteur que plus personne ne lisait, que j'admirais pour sa prose élastique et son humour dévastateur).

Lefebvre était apprenti boucher, Gavillet charcutier, Pinguet chauffeur routier, Joulin tourneur-fraiseur, Richard peintre en bâtiment, Garçon plâtrier, Lenfant carrossier. Huré, pâtissier originaire de Roubaix, avait perdu son emploi à cause de cette année sous les drapeaux que l'État le contraignait d'offrir à la patrie. Aucun d'entre eux ne jouissait des relations nécessaires pour éviter cette tannée. Je pensais aux petits malins des beaux quartiers et des flamboyants horizons, aux carnets d'adresses soigneusement remplis de noms de généraux, d'amiraux, de colonels ou de ministres, de députés, de médecins complaisants, prêts à jouer de leur influence pour éviter aux têtes à claques du pays un an de discipline, d'épreuves, de gadoue, de vie en communauté.

Le « brassage républicain » s'avérait une chimère ; c'étaient ces pauvres garçons, arrachés à leurs milieux malaisés, qui quittaient leur famille pour se mélanger à eux-mêmes, côtoyer leurs guenilleux pairs ; les autres, les frais diplômés, les enfants de l'avenue Victor-Hugo (Paris XVIe), iraient sous les cocotiers servir comme expatriés ou seraient tout simplement remis à l'eau, libres de laisser leurs frères républicains former les abrutis contingents dont l'armée réclamait la ponctualité expresse et les brodequins parfaitement cirés.

Les trognes étaient pâles, les pifs parsemés de bubons. Le sous-lieutenant Drouet, mains posées sur la ceinture, torse légèrement bombé, fit mettre tout ça au garde-à-vous. Le chef de corps avait édicté comme règle que chaque section fît connaissance avec la région en commençant par une marche de nuit en bonne et due forme. Quatre-vingts ans après, la forêt verdunoise restait remplie de guerre ; la terre était cabossée, abîmée, défigurée ; à l'infini, des trous d'obus. On trouvait encore des bidons, des lames de baïonnettes rouillés, des grenades à main – des casques allemands.

Les gars étaient en mauvaise condition physique. Joulin fit une crise de larmes ; Pinguet, d'épilepsie ; Chicou, d'angoisse. Duboile supplia qu'on le ramenât chez lui ; Gassama – les yeux jaunes – se lamentait en pensant à son natal Sénégal.

J'avais vingt-quatre ans ; ils en avaient dix-huit. Ils affichaient une jeunesse morbide. Effectuer son service militaire au début des années quatre-vingt-dix équivalait à sortir dans les bois pour aller cueillir des fleurs fanées. L'aventure était absurde ; l'expérience, obsolète.

Drouet et moi étions munis d'une carte topographique de la région ; le parcours à effectuer s'étendait, à travers une nature capricieuse et des monticules perpétuels, sur environ vingt-cinq kilomètres. S'orienter dans la nuit, s'orienter tout court, ne constituait pas l'activité favorite du petit sous-lieutenant rondouillard. Il tenta bien de me confier intégralement la responsabilité du pilotage, mais, de peur de perdre de son autorité en trahissant son incompétence, il décida d'exagérer son assurance proche de zéro.

Quarante appelés du contingent nous suivaient en colonne ; très vite, je constatai que Drouet était perdu. Le TRPP13, qui servait de relais avec le PC (le capitaine Leuillot, de garde cette nuit-là, était chargé de veiller au bon déroulement des opérations), grésillait sans cesse ; chaque section émettait sur une fréquence propre – en tournant un bouton dentelé, on avait accès aux communications des autres sections avec le capitaine. Soudain, tandis que nous avancions au hasard (Drouet, suant à gouttes épaisses, affirmant, menteur, crâneur, qu'il savait *au centimètre près* où nous nous trouvions) dans la nuit éclairée par une lune caramel, la voix de Leuillot retentit : « Oméga, ici autorité PC. Position. » On eût dit qu'une lampe s'éteignait dans l'être de Drouet. Il m'adressa un regard à la fois impuissant et paniqué ; il eût rêvé que je lui donnasse les coordonnées (cartésiennes, polaires, qu'importe) de notre situation géodésique sur le globe terrestre. « Oméga ? Ici autorité. Position ! » La voix du capitaine se fit plus drue ; il ne restait, de l'ostentation frimeuse de Drouet, qu'un petit tas de cendres recouvert de pleurs. Les châtaigniers noirs, sourds à sa détresse, ne le renseignaient ni sur notre latitude ni sur notre longitude. Le capitaine réitéra sa demande, ne dissimulant plus son irritation.

L'humidité de la nuit entourait le petit gros corps du chef de section qui avait ordonné la halte afin de

« vérifier quelque sôze ». Drouet ne vérifiait rien – il ne parvenait pas à restituer la moindre pièce du puzzle éparpillé formé par les herbes hautes, les talus, les insectes, les lucioles, les rainettes, les silhouettes grêles des robiniers. La gorge sèche, il fouilla du regard la bitumeuse immobilité de la nuit. Le silence et les bruits de bêtes le narguaient. Le silence et les bêtes, qui savaient, pour leur part (épanouis sous la rosée, posés sur une tige, augmentés par les ombres), où ils se trouvaient : chez eux.

Drouet, comme pour se faire accroire qu'il pût, par un simple mouvement de menton, déclencher un miracle biblique, leva la tête au ciel pour ausculter la situation de la lune dans le ciel. Il se mordit la lèvre, faisant mine de se livrer à une réflexion complexe ; l'air de celui qui déchiffre un hiéroglyphe, il tenta, pour la galerie (comme ces gamins de bord de mer qui, gesticulant, le visage grave, attisent pendant d'interminables minutes l'attention des badauds au sommet d'un promontoire d'où ils ne plongeront finalement pas), d'indiquer une direction. Le timbre de la voix de Leuillot se fit menaçant ; il retentit à travers la campagne uniforme et morne agglutinée au ciel noir : « Position ! Position bordel de merde ! » Drouet, à la fois tout entier éteint et parfaitement surpris, semblable à une momie qui eût placé deux doigts dans une prise électrique, commença, dépassé, effrayé, tétanisé, par délivrer un morceau de message : « Mon capitaine… Heu… » Il se fit aussitôt rabrouer – il était formellement interdit de préciser les grades militaires par radio. « On s'expliquera demain matin… » reprit la voix, impitoyable. Drouet se crut sauvé ; d'ici à l'aube, il aurait trouvé une combine pour atteindre le point de ralliement. Las ! le capitaine Leuillot n'était point homme à abandonner : « Position ou je vous fous aux arrêts ! »

Dans les rangs, on commença à s'agiter ; je parcourus la colonne pour rassurer les bleu-bites. Au loin, une maison endormie promettait un repos, une chaleur, qui nous faisaient secrètement envie. Des masses indistinctes inquiétèrent Gassama, qui fit rapidement référence à la « Dame blanche ». Les grenadiers-voltigeurs Jurt et Pajault (à moins que ce ne fût Chamarant) se moquèrent de lui. Drouet ordonna au caporal Favre d'éclairer sa carte avec sa torche. Le capitaine Leuillot hurlait dans la nuit profonde. Les mottes exhalaient une haleine de terre fraîche. Des jacinthes parsemaient les abords d'un sous-bois. Drouet exécuta alors une sorte de danse ; on eût dit quelque lutteur saoul. Il balança un coup de pied sec dans un tronc pourri ; manqua de tomber. « Position ! Oméga ! Position putain de chiotte ! » hurlait Leuillot. Alors, Drouet ajustant sa tenue, comme s'il passait en conseil de guerre : « Mon capitaine, ze suis zuste sous la Grande Ourse. »

2. – Le 19 septembre 1892, de La Roque, Gide, qui commençait à hanter les salons littéraires pour tenter de se faire un nom, écrivit une lettre paniquée à Heredia, lequel recevait chaque samedi après-midi à quinze heures trente la fine fleur des poètes symbolistes : « Je ne sais quand vous rentrerez à Paris et si je pourrai vous revoir avant de partir pour l'armée ; j'ai horrible peur que vous ne m'oubliiez ; et c'est là un de mes grands futurs tourments de cette prochaine année de service. Voilà pourquoi je vous écris quoique n'ayant de moi rien à vous dire, car ici je vis en cénobite dans le travail et la lecture. »

La peur d'être oublié par un patron, un amour, une relation, avait toujours constitué une des terreurs de l'appelé ; un an passait vite, sauf à l'éprouver les armes à la main, crapahutant. La notion du temps, en caserne, semblait revue et corrigée : l'échéance de la quille était quelque chose d'abstrait situé dans un inaccessible cosmos. Au régiment, le temps agissait tel un bloc refroidi, détaché du monde extérieur, où les horloges, parfaitement arrêtées, affichaient des projets muets. Le temps était installé derrière soi, dans la seule direction des souvenirs, tourné vers le passé ; l'avenir avait ici l'allure d'une charogne. Tout projet était avorté. On s'interdisait de penser au jour « J », perpétuellement déçus par cet écoulement qui ne s'écoulait pas, mais toussait, se grippait, accentuait son immobilité aussitôt que nous rêvions au retour à la vie civile.

La réalité, comme effrayée à l'idée que nous puissions sortir de là, nous enfermait dans son souffle court, privilégiant la succession des minutes à celle des mois. Chaque fois qu'il m'était arrivé, à Angers, à Draguignan, de me défaire mentalement de cet étau, le temps, avec ses grands yeux noirs aux orbites creuses, me rappelait que « dehors » n'existait plus, que s'en aller vadrouiller par la pensée sur une date ultérieure était un masochisme doublé d'une utopie. Les jours succédaient aux jours par empilement, non par écoulement. Rien ne nous rapprocherait jamais du dehors ; pour que le temps pût faire son travail (passer), il fallait s'en défaire, l'oublier, s'en éloigner, cesser de l'accompagner dans sa progression, de l'appréhender comme un mouvement. Il était clos. Il ne s'ouvrirait, comme ces portails d'ambassade, que lorsque l'autorisation lui en serait accordée – mais *quand ?* Nous étions condamnés à errer entre ses murs. Nous n'en sortirions que comme d'un labyrinthe : par hasard.

J'ai retrouvé des notes de cette époque : « Ici, le temps se love dans l'espace du casernement ; il n'est fait que d'espace. Un espace limité, recroquevillé, privé d'intentions, d'objectifs. Il est doucement monotone, empli de lui-même, courbé vers son mutisme, rocheux, sans pôle. Le temps, l'espace : confondus, siamois. »

Plus loin : « Tattinclaux fume une cigarette que le sergent Le Bréot lui demande immédiatement d'éteindre. "Tu te crois dans ton salon, Tattinclaux ?" Tattinclaux est, de la "section Drouet", une des recrues les plus fragiles. Silhouette maigre, visage livide. Il m'a confié qu'il n'a jamais vu la mer. Il a passé un CAP de mécanicien, n'a jamais trouvé d'emploi. Je me demande (il semble totalement perdu) quels voyages intérieurs un tel être peut bien faire. À quoi aboutissent les rêves derrière ce visage renfrogné ? »

« Tattinclaux ne sait pas se raser ; je lui ai montré ce matin comment faire. L'aspirant Bouilhet s'est moqué de lui. Je ne l'aime pas. Bouilhet assiste le sous-lieutenant Devéria, que je n'aime pas non plus. À Draguignan, pour vérifier que nous étions parfaitement glabres, l'adjudant Troumieux nous passait sur les joues et le menton une carte téléphonique. En cas de bruits râpeux, ordre était donné de retourner en chambre pour repasser un coup de rasoir sur la partie bâclée. » Ces mots datent de février 1993. Je les redécouvre sur la terrasse d'un hôtel, à Port-Grimaud, le mardi 23 avril 2019, où j'écris ce que vous êtes en train de lire.

Je fis à Tattinclaux un cours rapide sur le rasoir, l'observant dans le reflet du miroir. Je lui expliquai la fonction des deux lames ; au régiment le rasoir électrique était banni – était honni. La particularité de Tattinclaux, qui rendait la tâche ardue, résidait dans l'extrême gravité de son acné. Il s'agissait de slalomer entre les bubons. Je lui montrai, à l'aide d'un savon passé sous l'eau tiède, comment rincer le visage ; il trouva cette première phase plutôt facile, ravi d'en venir à bout sans embûche.

Qu'on ne voie pas ici la moindre ironie ; je ne me moque point. N'importe qui, à son tour, pourrait rire de mon incapacité à réussir un créneau, à ouvrir une boîte de conserve, à me servir seul à la pompe d'une station-service, à accrocher un tableau au mur, à réussir un œuf à la coque, à réparer un pneu de vélo crevé, à placer ma carte bleue dans la fente de la machine au péage. Chacun fait ce qu'il peut de ses doigts. Tattinclaux, conducteur avisé, plus tard tireur précis au Famas qu'il montait et remontait (sans évidemment qu'il s'en doutât jamais) plus rapidement que moi (son chef), aurait pu m'en remontrer dans mille domaines ; disons que, comme lui se fût étonné que je ne susse pas réussir un démarrage en côte, je m'émerveillai que l'utilisation d'un Gillette parût une procédure exotique à son entendement.

Je lui montrai, m'exécutant avec lui, en cadence, dans quel sens user de la lame, du bas vers le haut, l'outil légèrement penché, après avoir enduit la partie à travailler de savon mousseux ; il s'agissait ensuite, quand la peau semblait cuire et que l'efficacité s'avérait moindre, de tapoter l'extrémité du rasoir contre les rebords du lavabo aux fins d'extraire les poils coincés entre les lames et qui entravaient, de ce fait, le bon déroulement de l'opération. Force était alors de rincer la lame. M'étant enquis que le bigor Tattinclaux avait correctement assimilé les étapes de l'exercice, je le laissai seul avec son rasoir dans les lavabos ; il en revint dix minutes plus tard, faisant irruption dans mon bureau le visage ensanglanté, pleurant à lourdes larmes. « Je n'y arrive pas, mon lieutenant ! Je vous demande pardon… Je n'y arrive pas… » Ses sanglots redoublèrent ; il fut secoué de spasmes. « Pardon mon lieutenant ! Je ne sais rien faire… Pardon ! Je n'y arriverai jamais ! »

Je le rassurai : tout le monde y parvient. L'après-midi, lors d'une « mission de reco » en forêt, le sergent Le Bréot interpella Tattinclaux ; Drouet, occupé à expliquer au reste de la section les règles de sécurité liées à leur arme, ne s'en soucia pas.

« Tattinclaux, commença Le Bréot. Nous sommes où, ici ?

— Dans la forêt, sergent.

— Oui mais dans quelle forêt ?

— En forêt militaire.

— En forêt militaire mon chien.

— En-forêt-militaire-sergent.

— C'est mieux. Bon, nous sommes en forêt militaire. Donc les arbres sont des militaires. N'est-ce pas ? Et donc ils ont des grades. C'est logique. N'est-ce pas Tattinclaux ?

— Oui sergent ! C'est logique, sergent.

— Bien, bien. Le sapin, là, devant vous, il a quel grade ?

— Je ne sais pas, sergent.

— Eh bien touchez-le, regardez la splendeur de ses branches, admirez sa hauteur… C'est un c…

— Un caporal ?

— Un caporal ? Vous vous fichez de moi ! Ce n'est pas un sapin nain ! Il fait au moins sept mètres… Non ! Réfléchissez. C'est un c…

— Un capitaine ?

— Vous le faites exprès ou quoi ? Il aurait fait quatre mètres, je vous aurais accordé la réponse, mais là… Il fait presque huit mètres, et ses branches sont élancées, belles, ses aiguilles toutes vertes… On voit tout de suite que c'est un haut, très haut gradé !

— Un colonel ? hésita Tattinclaux.

— Ah ! Enfin ! Vous voyez, quand vous voulez ! Un colonel. Et qu'est-ce qu'on fait quand on est simple soldat et qu'on croise un colonel, Tattinclaux ?

— On le salue ? tenta Tattinclaux, heureux, soulagé d'avoir identifié le grade de l'épineux.

— Oui, on le salue. Ce que vous n'avez pas fait, Tattinclaux, quand vous êtes arrivé, tout à l'heure. Vos camarades l'ont fait ! Vous ne l'avez peut-être pas remarqué mais ils l'ont fait. Alors vous allez le faire… Sinon ce sera la nuit au trou, à ma santé, et un rapport au chef de corps. »

Le grenadier-voltigeur Tattinclaux, impressionné, angoissé, commença alors d'ajuster sa tenue, tirant sa veste afin qu'elle eût la bonne longueur sous la boucle du ceinturon. Puis il resserra la sangle de son Famas, remit son béret d'équerre, fit claquer son brodequin droit contre le gauche, plaquant ses mains, roidement, contre ses cuisses. Il leva le menton, fixant la cime du sapin, observa quelques secondes d'un silence grave, profond, concentré : « Mes respects mon sapin colonel ! »

Un léger vent fit bruisser le sapin et en remuer les branches. « Regardez, Tattinclaux, reprit Le Bréot en me regardant, l'air avisé, tout en retenant un fou rire, le sapin colonel bouge, il vous remercie, il est content… » « C'est vrai, sergent, sourit Tattinclaux. Il a vraiment l'air content. »

Tattinclaux rejoignit les autres ; un orage qui depuis longtemps menaçait éclata. Nous nous mîmes à l'abri sous les sapins colonels. Quand l'averse cessa, les gouttes, pendues aux aiguilles, avaient l'air de grades cousus sur des épaulettes.

3. – Verdun était une ville de brume et d'air gris, engoncée dans le souvenir de ses batailles et de ses morts ; son ciel, couvert de nuages métalliques ou peint du bleu horizon des poilus, recommençait le souvenir des boues et des baïonnettes, des corps grimaçants sous le feu de l'ennemi.

Il n'y avait plus d'ennemis ; à Douaumont, on commémorait des cadavres qui n'avaient aucun sens – ceux que nous avions assassinés, qui nous avaient transpercé les viscères et couverts de sang parmi les obus étaient entre-temps devenus des amis, des frères. La guerre perdurait dans l'atmosphère, par la tristesse qui se dessinait dans la brume, semblable à la tourbe des enfants de la patrie.

J'avais hérité de ma section ; j'étais le seul maître à bord. Je prodiguais l'instruction « toutes armes » à quarante bigors, dont Daty, Thomas, Goumbala, Binette, Rezgui, Thouvenin, Cottin, Pinard, Touati, Lourenço, Pichon, Yayahoui, Meert, Papu, Bonmariage, Rault, Tissier, Sougou, Petitjean, Dembélé, Lefeuvre, Richaume. Deux sergents se trouvaient sous mes ordres – Le Bréot (qui avait demandé à être « muté » à mes côtés) et Mesureur –, ainsi qu'un caporal-chef, Monfils, et un caporal, Dufey.

J'ai à peine présenté Le Bréot. C'était un homme de vingt-trois ans, marqué déjà, rompu à la fréquentation des zincs et prompt à décapsuler les bouteilles de bière à l'aide de ses canines saillantes. Il vouait parallèlement une passion très excessive à l'anisette, qu'il ne troublait presque jamais d'eau, et à la consommation de films réservés strictement aux adultes. Ses fins de semaine (il s'en vantait invariablement le lundi matin à l'appel) se déroulaient entre amis, sur un canapé mou, parmi les bouteilles de pastis, devant l'écran de sa télévision ; on y diffusait, par le truchement aujourd'hui caduc du magnétoscope, les mésaventures passionnées, toujours brûlantes et déshabillées, de créatures délurées aux bustes difformes et à l'entrejambe béant.

Le Bréot se moquait volontiers des bigors, qu'il surnommait les « gorets ». Aucune méchanceté n'habitait le personnage ; il tournait tout en dérision. L'armée possédait l'avantage d'accueillir, comme le roman, ceux que la réalité faisait fuir. Sous l'habit kaki, tout était possible : on redevenait l'enfant que le monde extérieur, peuplé des adultes qui l'avaient bâti en en édictant les règles, sans cesse pourchassait pour le punir. Le Bréot écoulait au régiment une folie qui, dans le civil, l'eût tout simplement empêché d'être celui qu'il était. Ici, au 3e Rama, Le Bréot était non seulement chez lui mais il était lui.

Février : les rues, enrhumées, étaient étroites, sales, souillées de mélancolie. Rien, ici, ne respirait vraiment.

On évoluait dans l'asphyxie. Ces allées, ces venelles, ces faubourgs, ces avenues eussent, on le sentait bien, voulu se trouver ailleurs, à Nice, à Cannes, à Marseille, léchés par la mer et promis au mystère du large. Mais non : ils s'engonçaient là dans leur immuable Verdun, statiques et figés, indéboulonnables, fixés à jamais dans cette réalité géographique qui ne les quittait pas et qu'ils ne quittaient pas. Une ville ne se déménage pas, ne se translate pas, ne se transporte pas ; la géographie de Verdun résidait dans son histoire, son histoire dans sa géographie. Les villes, les cités, les villages, les bourgs sont prisonniers d'eux-mêmes – arrimés à la froidure, aux hivers sans pitié, à cette aube bleu méthane, à la rigueur des pierres saturées de chagrin, des cheminées qui fument, des silhouettes d'usines dressées plus loin, là-bas, en amont de ce cimetière où quelques vivants traînent le pas, vaquant à des occupations dérisoires. L'importance monumentale de Verdun avait vécu ; la ville s'abolissait dans son souvenir, crachant en toussotant quelques cendres éparses, dépassées, reléguées à la providence des jeunesses ensevelies.

La pierre des maisons, les crépis laids, les toits luisants de givre : tout cela était paralysé, engourdi dans une saison qui n'en finirait jamais – celle des pluies de shrapnels et des giboulées de balles. Verdun n'était plus faite pour les hommes, mais pour les monuments. Ceux qui l'habitaient habitaient un instant universel de la folie des hommes ; leur municipalité, à peine réveillée d'un cauchemar vieux de quatre-vingts ans, ne se situait pas sur une carte, mais sur un événement. On vivait à Verdun sur un morceau de mémoire, sur l'oscillation perpétuelle, dans l'air vibrant des spectres, de la plainte des tombés au champ d'honneur. On marchait à pas de loup pour ne point réveiller les ossements.

Chaque portion de ville, de sa campagne, de sa banlieue, de sa ceinture, de ses alentours, avait été martyrisée, pilonnée ; sur les sentiers, tout n'était que crevasse ; en ville, chaque façade portait la trace d'un éclat, la cicatrice d'un bombardement, la meurtrissure d'un tir, la mémoire blessée d'une rafale. Nous avancions parmi les cicatrices ; tout était bancal, transitoire, perclus, enfoncé dans une impossible réparation ; la ville était de guingois, elle boitait sur place. On y respirait comme on respire dans un tombeau : avec économie, difficulté, respect. Être militaire à Verdun, c'était comme être guignol à Lyon, bourgeois à Calais ou chien à Orléans.

La guerre continuait en silence, dans la sourdine des courants d'air, entre fantômes. Des ombres casquées, portant besace et bidon, sac à dos et fusil Lebel, raclaient leurs gros brodequins invisibles sur les trottoirs. Évanouies, elles rampaient parmi nous, entre les pierres qui enfermaient les scènes de la Grande Guerre et les ruines qui les rejouaient. Tout ne faisait à Verdun que mourir et remourir. De jeunes biffins morts hurlaient, que nul n'entendait ; des zouaves perforés roulaient sous nos pas. Les chenilles des chars crissaient, mais murées dans la ouate des mânes. C'était une ville de galons essuyés et de montures défuntes, de fourreaux vides, de sabres au clair enterrés et de clairons tus. Des forts, partout dans les bois, continuaient d'accueillir les combattants salis de sang ; nous dormions parmi eux – les descendants de leurs rats rôdaient, sur lesquels je vidais mon PA (pistolet automatique). Je pensais, marchant vers le champ de tir, ma section derrière moi, à Péguy et sa mort, partis tous les deux au combat, la main dans la main, parmi les betteraves.

Ville de bottes cirées couvertes de toutes les boues ; ville-guerre entourée des barbelés d'hier, ceux sur lesquels les corps déchirés s'abîmaient dans un souffle mystique et réparateur, où le trépas proposait un repos mérité, très ultime – sans issue. Ville d'alcools et d'absinthe : courir dans la direction de sa propre perte, courir l'arme brandie dans le sens de sa peur réclame l'abolition de l'esprit et l'abrutissement de l'âme. Quelle vie donne-t-on quand on se précipite vers sa dernière heure, vers sa dernière minute d'existence humaine ? La sienne ? Ou celle d'une viande aveugle abrutie d'éthanol, fabriquée pour les canons qui la dévorent à pleine gueule ?

Le bigor Pichon, tandis que je lui donnais l'ordre, sur le pas de tir, de placer ses BAB (bouchons antibruit) dans les oreilles avant que de disposer son Famas en position « coup par coup », me gratifia d'une grimace que je pris d'abord pour une provocation ; son visage blêmit ; il refusait l'exercice au motif que cela le mettait « mal à l'aise ». J'arguai fermement qu'il eût pu, comme un de mes amis orléanais, opter pour l'objection de conscience. Il fit valoir sa crainte de l'emprisonnement. J'insistai, lui ordonnant de se coucher derrière son arme, de placer son œil dans l'œilleton et d'abattre sa cible, laquelle avait été placée à vingt mètres exactement. Il n'obtempéra point, se redressant, me fixant droit dans les yeux, sortant sans crier gare un Opinel de sa poche. Me croyant en danger, le sergent Le Bréot intervint, s'intercalant entre le bigor Pichon et moi-même.

« Pichon, donnez-moi ce couteau. Vous allez regretter ce que vous êtes en train de faire ! Donnez-moi ce couteau, c'est un ordre.

— Je ne vais rien faire au lieutenant, sergent. Je n'ai rien contre lui, ni contre vous. C'est contre moi que j'en ai ! »

D'un geste rapide, Pichon retroussa sa manche et se taillada les veines du poignet. Une gerbe de sang jaillit ; au sol, le ciment froid se macula de petites flaques roses semblables à des confettis de carnaval. Immédiatement Le Bréot, avec sa main, qu'il appliqua sur l'avant-bras de Pichon après lui avoir arraché sa lame, tenta d'endiguer l'hémorragie. Pichon tremblait ; pâle, il s'évanouit. Tandis que le sergent Mesureur prenait la relève et organisait la séance de tir afin d'éviter une panique générale, le caporal Monfils, par TRPP13, appelait l'infirmerie, qui réussit à joindre le Samu. On apprit le lendemain que Pichon, dont le passé contenait des ombres aussi tenaces que celles qui hantaient Verdun, ville morte et ville des morts, était un ancien toxicomane. Le Bréot, l'air grave, vint me trouver : il s'était coupé au pouce avec la lame de l'Opinel et, tandis qu'il exerçait son point de compression sur la chair tailladée, son sang était entré en contact avec le sang de Pichon.

« S'il est séropositif, je suis un homme mort, mon lieutenant », me glissa-t-il en se grattant nerveusement la nuque à l'aide de son béret où, comme sur le mien, était piquée une ancre. « Je ne vais pas vous rassurer, sergent. Je ne suis pas là pour ça. Je suis d'accord avec vous. Le risque existe », m'entendis-je lui répondre. Alors, ce sergent blagueur, qui revenait de Bosnie, où il avait connu l'épreuve du feu, la vraie, s'assit sur l'estrade où trônait mon bureau et, la tête roulée dans ses bras croisés, se mit à pleurer. Je voyais ses épaules se secouer. Il faisait un froid de tranchées dans la pièce. Ses examens s'avérèrent négatifs ; il était sauvé. Il ne supporta pas d'avoir versé des larmes d'enfant devant moi ; plus jamais je ne le vis plaisanter. Un soir de « cuite phénoménale », comme il disait, voulant conclure ses jours dans une posture théâtrale, il alla se coucher sur les rails de la ligne Paris-Verdun ; le train lui coupa net les deux jambes. Je lui rends parfois visite, après toutes ces années, dans son appartement minuscule du quartier Marx-Dormoy. Engoncé dans son fauteuil roulant, sortant le pastis, il aime me lancer, un sourire venant trouer la tristesse du visage et désignant son état de cul-de-jatte : « Moi, mon lieutenant, on peut vraiment dire que j'étais à Verdun ! »

4. – Nous avions marché quatre heures – aubépines, hêtres, fougères, chemins caillouteux. J'avais fait évacuer Richaume, victime d'une entorse. Le soir tombait, étalant sa rousseur. Les nuages, gonflés d'incendie, proposaient un monde inaccessible réservé aux rêveurs, aux morts – aux oiseaux. Deux cumulus mélangés dessinaient un Christ allongé sur un tartre orange. Ils s'effilochaient doucement dans les altitudes où l'Enfant-Jésus, le vrai, un doigt sur ses lèvres pâles, accueille ceux qui, enfin soustraits à l'impitoyable société des vivants, viennent se disséminer dans l'infini.

Touati, chef de bande à Sarcelles, se tenait à carreau ; il souffrait d'une tendinite. J'avais refusé qu'il fût exempté de service en campagne ; à ses regards noirs, je compris que tôt ou tard il voudrait se venger de mon inflexibilité. Je ne cédai pas ; le chef de bande, ici, c'était moi. Une volonté faisait plier son loisir de semer un peu partout la petite terreur qu'il aimait à répandre, s'en vantant à l'envi, dans sa « cité » des environs parisiens.

La nuit s'annonçait froide, la bouche pleine de givre, les dents glacées ; elle nous mordrait. Nous avions emporté d'épaisses couvertures ; nous établîmes le camp dans un sous-bois ténébreux au relief débile, parfaitement crevassé, cabossé d'impacts, où, comme partout alentour, dansaient les carcasses des morts de 14. Un vent sec secouait les branches dénudées des sapins chétifs et des coudriers ; des chênes malades et blancs agitaient en altitude, sous le crépitement des premières gouttes d'une pluie faite d'aiguillons froids, quelques branches épouvantées qui semblaient des bras maigres de noyés appelant au secours dans les siècles. Après un crépuscule cuivré, doux comme une lampe d'enfant qui s'endort, le décor était devenu flasque et détrempé, d'une noirceur d'asphalte ; la nuit, troublée d'une lumière laiteuse, avait éteint ses étoiles.

Sans joie, j'improvisai pour la section un cours sur le lance-roquettes, puis mis l'ensemble à la disposition des sergents Mesureur et Le Bréot. Je leur laissai le soin d'établir les tours de garde ; Monfils fut chargé de la mission feu de camp. Les flammes crépiteraient bientôt, furieuses, tordues, comme torturées, se cambrant sous la pluie. Une fumée blanchâtre s'élevait en direction de nulle part, serpentant dans l'air noir. J'étais exténué – j'avais hâte, ayant délégué les ordres et réparti les tâches, de me retrouver seul sous ma tente, abîmé dans un sommeil de roche. Devenir une pierre, me taire, ne plus jamais bouger, m'éteindre dans une paralysie heureuse et bénéfique : je n'aspirais qu'à tel coma minéral, oubliant jusqu'à l'oubli, livré aux belles mains d'une mort passagère.

Ma tristesse s'effilocha comme le cumulus christique. J'étais mieux ici, dans cette forêt frappée de pluie, sous ma tente luisante, avec ma section de pieds nickelés – tous des braves types –, que jamais je ne l'avais été jusque-là ; j'étais loin de mes géniteurs, ces deux salauds qui salissaient le monde et humiliaient le règne de l'Être ; nulle histoire d'amour ne pouvait me cribler de ses flèches ; je trouvai, dans cette tenue d'officier, parmi les herbes hautes et les troncs pourris, que mon physique (habillé par l'effort, frotté par la fatigue, usé par l'hiver) se dessinait une allure agréable ; l'usage que je faisais de l'existence, délivré des études, des obligations sociales, soulagé des précautions financières, épargné par les tracas du quotidien, de la paperasse administrative, m'agréait. Ici, je n'avais aucun besoin ni nulle envie. N'était-ce pas la véritable définition du bonheur ?

Je songeai à la petite Thérèse, mon illuminée favorite ; à sa force supérieure, celle qui l'abolissait sur les paillasses, l'agenouillait sur les carreaux glacés d'une cellule – amoureuse du vrai, fabriquant son ciel à partir de cet abrégé de paradis qu'était la rugueuse planche de buis qui comptait pour un lit. Thérèse, dépourvue de tout mais riche de passion, délestée de tout mais furieusement tournée vers Jésus, cette plaie ouverte de Dieu qu'elle appelait son époux. Une transformation s'opéra en moi : je quittais l'athéisme sans « croire » pour autant. J'entrai à mon allure dans un alphabet neuf, seul dans cette expérience avec en ligne de mire cet éclaircissement clandestin, ineffable et joyeux, qui me mettrait d'accord une fois pour toutes avec moi-même : je serais non point romancier mais poète.

Le roman, me dis-je cette nuit-là, était encore trop

scientifique ; il s'encombrait de logique et de déductions ; il n'était pas réalisable sans architecture. Il s'établissait sur le froid. Il exigeait des plans, sous-entendait des calculs. Il réclamait des échafaudages, des lignes, des fortifications ; il était gourmand d'efficacité. On ne pouvait l'appréhender sans règles. Le roman était l'ennemi des disproportions, de la folie fondamentale. Il n'était jamais complètement exempt de procédés – le roman était indirect, la poésie était directe. Il me limiterait ; j'étais friand de maladie, de précipitation – d'excitation. Me réfréner, c'était mourir – écrire un roman revêtait les apparats d'un exercice synthétique.

Je m'endormis sur ces conclusions que la découverte quelques semaines plus tard de *Paradiso*, de José Lezama Lima, allait faire voler en éclats. Lezama Lima qui, comme Proust, comme Joyce, était parvenu à tordre le roman, à l'extirper de la seule intelligence pour le soumettre à l'orgiaque appétit des sens, ennemi de l'algèbre et de la cohérence, avait concocté une chimie spéciale qui à jamais me soulagea ; moi aussi, un jour, j'écoulerais ma triste mélancolie par jaillissements permanents, dans une œuvre sans bornes et fourre-tout ; moi aussi, demain, ou après-demain, j'exploiterais mes fabuleuses obsessions dans une somme intempestive, et deviendrais à mon tour un illuminé – un illuminé du langage. Un fou.

Ma « vocation » irait se perdre dans l'excès – dans l'excès d'excès. Je pourrais libérer mes impatiences et lâcher mes chiens. J'y placerais mes flottements, m'y livrerais frénétiquement, jusqu'à ce que tout le monde se moque de moi – nul n'aurait suffisamment de patience, ni assez d'oreille, pour se vautrer dans cette débauche de pages musicales, énervées, aberrantes, magnifiques, juteuses, luxuriantes, merveilleuses – fécondes. J'y multiplierais les références, les jeux de mots. Jamais je n'y aurais peur d'être moi-même, c'est-à-dire ridicule. J'y serais ahurissant, définitif, drôle – qui est incapable d'humour est incapable de littérature.

À trois heures du matin (j'étais engourdi dans un sommeil parfait), Le Bréot vint me réveiller ; je pestai, l'invectivai. Il insista. Gassama et Goumbala avaient « recommencé avec leurs histoires de Dame blanche ». Alors qu'il les avait installés, pour leur tour de garde, chacun à une extrémité du campement, séparés de plus de trois cents mètres, il avait retrouvé les deux bigors venus d'Afrique blottis l'un contre l'autre, claquant des dents, autour du feu de camp. Je me levai ; m'habillai prestement. Gassama me confirma la présence de cette Dame blanche qui, sorcière pétrie de mort, surgie des tourbillons noirs des vents de la nuit, était venue tout à l'heure poser ses ongles crochus sur son épaule. Il avait paniqué, s'était rendu près du feu où Goumbala, lui-même visité par cette duègne trempée dans les eaux du Styx, l'avait rejoint. Solidaires dans la terreur, imprégnés de légende et de pluie, les deux soldats avaient guetté l'aube et attendu la fin du monde ; chaque hululement prononcé par les tréfonds du bois, chaque glissement, chaque froufroutement alentour avait signé la présence de cette créature maudite et diaphane évanouie dans l'air, invisible mais vaillante, volatile et cruelle, prête à emporter sous ses longs bras sans fin semblables à ceux des méduses, dans un ricanement sonore et strident, les petits corps noirs à corrompre.

Je rassurai Gassama, de loin le plus terrorisé, le replaçai à son poste à l'orée du bois. Je lui fis réviser les sommations réglementaires :

« Que doit-on dire quand on entend un bruit louche, Gassama ?

— "Halte-là ! Qui va là ?" mon lieutenant.

— Bien. Et si personne ne répond ?

— On recommence, mon lieutenant : "Halte-là ! Qui va là ?"

— Très bien, Gassama. Et si on n'entend toujours aucune réponse ?

— Alors cette fois, mon lieutenant, la formule change un peu. Il faut dire : "Halte-là ! Qui va là ? Avancez au ralliement !"

— C'est parfait. C'est exactement ce qu'il faut dire. Bravo, Gassama. Et si on n'entend toujours aucune réponse mais que les bruits continuent ?

— Alors dans ce cas, les trois sommations ayant été prononcées, j'ai le droit d'utiliser mon arme et de tirer dans la direction des bruits.

— Très bien. Vous êtes au point. Vous n'avez rien à craindre. »

Je l'abandonnai à son poste ; une nuit bleutée nous enveloppait. Je me cachai à trois mètres de lui, dans un buisson d'aubépines, l'observai. Je le vis qui levait la tête vers les grands frênes déchevelés. J'attendis dix minutes. La lune farineuse étalait sa blancheur malade au milieu du silence. La nature, prise dans une glace cotonneuse, s'était tue ; on entendait briller les étoiles. Pas un souffle ne polluait la pureté de cette bulle ; c'était le monde qui avait cessé de respirer. Le seconde classe Gassama était là, tout seul, planté dans le sourd néant des choses, installé sous la voûte colossale des galaxies mutiques. Les bruits de l'univers étaient partis mourir ailleurs. Même la mort causait plus de vacarme que cette portion de forêt prise dans le goudron, pétrifiée dans la poix. Soudain, j'agitai bruyamment les feuilles de mon buisson. Gassama, alors, remonté comme un ressort, tel un épileptique doublé d'un enfant face à l'ogre, secoué de tremblements fous, lâcha, avec la frénésie de l'effroi, une tonitruante et infernale rafale de balles envers les cimes, les troncs, les branches, les cieux, la lune farineuse, les nuages, le sol, la nuit – l'infini.

5. – Le bigor Rezgui était un « caïd ». Il jouait du couteau dans les caves de sa « cité », agressait les vieilles, se vantait d'être dangereux. Il avait, prétendait-on, passé à tabac, à l'extérieur du régiment, le soir d'un départ en permission, le pauvre Bonmariage qui en eut la lèvre inférieure tuméfiée. La scène, arrosée de mauvais cognac, s'était déroulée en attendant le train, au zinc d'un rade verdunois fréquenté par les cicatrisés de la région. Rezgui se serait senti insulté par son camarade, qui aurait imité « l'accent arabe » et aurait, poing contre faciès, outrepassé les bornes de la violence tolérée entre recrues d'une même section. Les menaces, selon les témoins, dont Pinard et Rault, avaient été virulentes et sans appel.

Je le convoquai au retour de permission ; il était innocent, à l'entendre, me jurant sur la tête de sa génitrice emportée par une « longue maladie » que jamais il n'avait levé la main sur qui que ce fût. L'histoire en resta là ; je classai l'affaire. Quelques jours plus tard, tandis que, dans une carrière désaffectée, je prodiguais un cours – avec exercices pratiques – sur le LRAC (lance-roquettes antichar), je surpris Rezgui menacer, d'un doigt à la gestuelle sans équivoque, le bigor Bonmariage.

Bonmariage travaillait dans le civil comme garçon boucher ; lui non plus n'avait jamais vu la mer et ignorait tout de la beauté des coquillages. Il avait le regard éteint d'une ampoule qui meurt. La tristesse le drapait comme un lourd manteau. Il apparaissait comme la triste proie de l'ennui. Courageux dans l'effort, sa patrie était moins la France que la désolation. Pas un instant je ne l'avais imaginé capable de provoquer une rixe : il ne déclenchait, depuis le trou caché de son être, qu'une morgue molle et paresseuse, une faiblesse pâle – une langueur terne. Il y a des hommes que la lumière insulte ; qui, enveloppés par des ténèbres invisibles à l'œil nu, voués tout entiers à l'épuisement d'être, sont absents de la vie. Ils se tiennent là, parmi nous, à côté de nous, ils nous frôlent, nous les effleurons, ils sourient poliment, parlent, se montrent affables mais, abattus, vaincus depuis leur naissance, ils se situent – avec les débris et les spectres – sur le versant funèbre de l'existence. Ils ignorent l'impatience, la frivolité, les cimes ; ils rampent sur les jours, surnagent au milieu des heures, aggravent l'âge venant leur destin de poids morts. Sans volonté véritable, ils acceptent les fatalités et accueillent les accidents avec l'impassibilité d'un caillou que trimballent les courants marins. Ils n'évoluent jamais, se répandent dans l'avenir à la façon d'un gaz parfait remplissant selon la loi de Mariotte le volume qu'on lui octroie. Ils subissent sans se plaindre. Ils souffrent moins que n'importe quel apologue du bonheur ; le bonheur déçoit toujours, la tristesse, jamais.

Bonmariage menait une vie de statue. Défait une fois pour toutes, rien ne le ravageait ; tout au plus, le temps l'oxydait. Mort à la naissance, il méconnaissait la peur du danger et les promesses du frisson. Rien ne le flattait, rien ne l'insultait. Rire lui paraissait aussi incongru que pleurer. Les ordres rigoureux qui s'abattaient sur lui, semblables aux paroles d'un sifflotement de pastoureau, ricochaient sur son cuir ; il s'exécutait sans ressentiment ni sentiment, comme le clébard attaché au poteau reste sous l'ondée. Aussi les menaces de Rezgui à son encontre venaient-elles se briser contre du béton ; Bonmariage ne craignait pas davantage les coups qu'il n'espérait les caresses. Un poing dans la figure, un parpaing sur le crâne, une pluie de coups de fouet : l'indifférence du garçon boucher les transformait en murmures.

J'allai voir Bonmariage, l'interrogeant sur son différend avec Rezgui. Il balaya mes questions comme on époussette la cendre de son cigare sur le dos de la main. Nous rangeâmes le matériel ; le brouillard se leva, dessinant bientôt son écharpe autour de la section. Nous marchions au milieu des nuages ; le ciel était descendu sur la terre. La silhouette de Le Bréot, qui rangeait les lance-roquettes avec l'aide de Papu, me fit l'effet d'un buffle. Enrobés de fumée, pris dans la blancheur filandreuse des vapeurs, personne ne distinguait personne ; je demandai à ce qu'on formât une colonne, chacun devant poser la main sur l'épaule de celui qui le précédait. Je fis l'appel dans une suspension de gouttes fraîches ; chaque voix de chaque bigor prononçant son nom trouait les nappes. Il est rare de voir l'éther. Les rubans de velours diffus cachaient les trognes, dissimulaient le nombre ; on entendit sourdre un cri. Je secouai de la main les robes de brume et, me traçant un circuit dans l'air blanc, me repérai au son des gémissements qui suivirent ce hurlement de bête. On y eût mieux vu dans l'irrémissible noirceur d'une nuit d'Armageddon que dans l'opacité laiteuse de cette tapisserie de nébuleuses ; je butai dans ce que je crus être un tronc d'érable pourrissant. C'était Bonmariage, affalé sur le sol bourbeux, qui se tordait de convulsions. Ses deux mains, posées sur son flanc, recouvraient une tache diaprée d'un rouge garance.

Dans l'horizon effacé, évanoui, fugace, dévoré par l'atmosphère albugineuse et zigzaguant dans la poudre d'albâtre, je vis s'enfuir un fantôme. C'était Rezgui. De la pointe de sa lame, qu'il serrait dans son poing en courant à perdre haleine dans ce labyrinthe de cumulus terrestres, gouttait, mouchetant les raiforts et les osmondes de pointillés couleur de prune, l'hémoglobine de Bonmariage. Par son sang répandu, Bonmariage se continuait, sous forme dilapidée, éparpillée, parmi les bois ceints de nuées. Mesureur, Le Bréot et moi-même, tandis que Monfils gardait la section, nous mîmes à fendre les vagues embruinées pour rattraper le malheureux. Celui-ci, déjà loin, proférait de tonitruantes insultes à l'égard du groupe, de l'armée, de la France ; vociférations peu malignes, qui nous aidèrent à le situer dans l'espace blanchi.

Plus rapide que le bigor, Mesureur arriva à sa hauteur, le crocheta ; Rezgui fut précipité dans un massif de scolopendres, perdant son couteau dans sa chute. Son visage semblait de cire. Il nous adressa un regard oblique saturé de haine. Le Bréot le tenait par la gorge, lui plaquant les mains derrière le dos. « Fils de putes ! Je vais vous saigner ! Tous les trois ! » beugla Rezgui. « J'ai baisé vos mères ! » ajouta-t-il en tentant de s'arracher à l'étreinte d'airain du sergent qui répondit au seconde classe par un « Tu es une petite coquine, toi, Rezgui. Tu es une vraie petite demoiselle ! ». Rezgui cracha de toutes ses forces dans ma direction – sans m'atteindre. Une salve de menaces s'ensuivit, proférées à mon endroit. Mécaniquement, je sortis mon PA de son étui. Il s'agissait d'une arme de poing, en réalité « semi-automatique » (utilisée généralement dans les actions à distance réduite) à percussion circulaire, dont la détente était régie par un mécanisme à séparateur commandé par les parties mobiles. Sur le côté gauche du « bloc culasse » s'inscrivaient trois lettres : « MAC », pour « Manufacture d'armes de Châtellerault » ; sur le côté droit, en avant de la fenêtre d'éjection, étaient gravés le modèle et le calibre de l'arme : « modèle 1950, cal. 9 mm » – au-dessous de cette inscription et sur la carcasse s'inscrivait la lettre de série, immédiatement suivie du numéro du colt : « E 1 120 ».

Je plaquai, à la grande surprise de Mesureur et Le Bréot qui restèrent abasourdis, le canon froid du PA sur la mâchoire de Rezgui. Celui-ci commença de fondre en larmes, présentant immédiatement des excuses. J'ignorais moi-même ce que j'étais en train de faire ; Rezgui lançait des coups de sa tête hennissante. Il prétendit, en prise à la terreur, que c'était sa mère à lui, bien que décédée, qui méritait l'indigne dénomination de « pute » ; il ajouta, les genoux mélangés aux fougères (Le Bréot n'avait point relâché son étreinte), qu'il n'était rien, qu'une poussière, qu'il obéirait désormais, qu'il ne désirait rien tant que la mort. Souriant d'incrédulité, je m'accroupis à sa hauteur, le fixant droit dans les yeux : « Votre camarade est mort, Rezgui. » (La suite montrerait que la blessure de Bonmariage n'était que superficielle.)

J'enfonçai mon PA sur la joue maigre de l'appelé ; j'appuyai sur la détente. Dans une crispation laide, fermant les yeux, Rezgui poussa un cri arraché aux souterrains de l'Hadès. Quand il ouvrit les paupières, il parut très étonné de n'être point aussi mort que prévu. « Que se passe-t-il mon lieutenant ? Vous ne m'avez pas tué ? » Un pâle soleil commença de poindre, perforant les brumes qui doucement se dissipèrent. C'était la fin de février. Mesureur souleva le grenadier-voltigeur, qui tremblait, pleurait ; Le Bréot lui administra un formidable coup de pied dans le derrière, propulsant le roi de la lame dans un buisson de ronces où vivement il s'écorcha.

Nous rejoignîmes tous quatre la section ; les pleurs de Rezgui avaient cessé. Les secours étaient arrivés. Le corps emmitouflé d'une couverture rêche, Bonmariage respirait doucement, ahanant. Il serra sa main dans la mienne ; il me demanda de ne pas sanctionner son agresseur. L'ambulance, qui avait rejoint notre unité avec difficulté à cause du fog, l'emmena sirène hurlante. Je ne fis aucun rapport contre Rezgui, considérant que je l'avais tué et qu'il était mort ; je n'eus plus jamais à me plaindre de lui. Il devint aussi docile qu'un caniche nain. Il écrivit à ma demande une lettre d'excuses à Bonmariage, qui n'en lut que le début, se fichant comme d'une guigne de l'incident : on n'assassine pas les morts. Je surpris quelquefois Bonmariage et Rezgui en train de rire, pendant leurs TIG. Sous les longs massifs de bois embrumés, le souvenir de ces deux bigors bouge encore dans la masse confuse et duveteuse des blancheurs brouillées.

6. – Rien n'est plus triste, sinon la putréfaction d'un ragondin au milieu des ajoncs, qu'une caserne le dimanche après-midi. Le temps, suicidé, ne s'y écoule pas. Il est retenu ailleurs, empêché. Les murs de l'enceinte enferment leur passé, leur histoire – leurs secrets. On n'entend rien, on ne croise personne ; on n'a aucune preuve que le lundi arrivera – les choses, impassibles, indifférentes, sont suspendues à l'éternité. Les briques, les gravillons de la place d'armes, les toits gris, les engins garés, les jeeps briquées, installés dans une immobilité de glace, savent parfaitement quel jour nous sommes, se refusant à tout mouvement ; parfois, un soldat, un sous-officier, un officier traverse la cour d'un pas morne, écrasé par cette mélancolie dominicale qui ramène l'homme à son néant.

Je tournais dans ma chambre – mal rangée. Je la partageais avec un polytechnicien, l'aspirant Ross, qui se suiciderait d'une balle dans la bouche quatre ans plus tard à la suite d'une rencontre malheureuse avec un gourou. Ross avait essuyé, avant de partir faire son service, une déconvenue particulièrement douloureuse avec une étudiante en droit, Coraline, qui lui avait préféré un marginal amateur de guitare et de fumette. J'avais beau tenter de lui tirer les vers du nez, Ross restait mutique sur ce sujet ; il s'était juré de devenir abstinent jusqu'à la fin de ses jours. J'essayai de lui démontrer l'inanité d'une telle position ; Ross n'en démordait pas. Il ne parvenait pas à oublier les yeux en amande de Coraline, sa démarche feutrée, les frémissements de ses cils, la puissance de ses larsens quand elle jouissait. Il avait, arguait-il, atteint avec elle des extrémités qui ne pourraient plus se produire et voulait camper jusqu'à la mort sur ces émotions.

Il commença à se tourner vers la religion ; l'Église est friande de cœurs brisés. Il me fit bientôt l'apologie des Psaumes et du recueillement ; je ne pus le suivre sur tel chemin. « Je cherche la paix intérieure » – formule lassante, pour ne pas dire insupportable, si ressassée qu'elle me semblait moins arrimée aux Évangiles qu'au roman de gare. Le rayonnement absolu ne passe jamais par la paix : la foi consiste en un chaos permanent, et se réconcilier avec soi, quand bien même on intitulerait Dieu cette réconciliation, est d'abord une déchirure. Croire se fait dans l'inquiétude ; prier n'appelle pas la sérénité, mais la secousse. Ce que l'on devrait chercher, à genoux dans une chapelle ou dans l'intimité de sa chambre, ce n'est pas l'attendrissante venue des colombes, l'haleine chauffée du souffle, mais l'accablante violence d'une électrocution. La foi n'est pas un dimanche de caserne : c'est un samedi soir de liesse.

Je fis découvrir à Ross Gustave Thibon. Thibon, qui avait accueilli chez lui, dans sa ferme, Simone Weil. Elle lui était peu à peu devenue insupportable :

rien ne lui seyait jamais ; elle s'énervait de ce que tout, chez son hôte, était trop confortable. C'était une masure qu'elle avait exigée, si possible visitée par les rats – voilà qu'on lui offrait un gîte digne, un couvert moins frugal que prévu ; elle s'était sentie gâtée, par conséquent trahie. Thibon n'en pouvait plus de ses exigences de luxe inversé. Il avait fait comprendre à « Simone » que ce serait *ça ou rien* ; rempli d'empathie, il daigna cependant l'installer dans une ruine, un tas de pierres jouxtant une rivière parmi les ajoncs, insalubre et sans eau, prisée par les ragondins. Là, la jeune philosophe put enfin se recueillir, s'absenter d'elle-même pour se retrouver blottie contre le torse de son Christ.

Ross fut fasciné par Thibon, dont il commanda l'œuvre complète ; Gustave Thibon, analphabète et cultivateur, s'était un jour levé plus tôt que d'habitude, avant l'aube des moissons, et avait décidé, seul dans sa cuisine où la vieille comtoise piquée par le temps et goûtée par les termites frappait les heures tel un lugubre gong, d'apprendre le latin, le grec, l'hébreu. Après quelques années d'effort, il put lire *L'Iliade* et Héraclite dans le texte, et Plotin n'avait plus le moindre secret pour lui.

Je me souvenais de cette phrase, prononcée par l'agriculteur autodidacte dans un documentaire. Répondant à la question d'un journaliste qui lui demandait où se trouvait Dieu pendant les guerres : « Dieu ne fait pas le poids. C'est un impondérable. »

Cette fréquentation de Thibon provoqua chez Ross un élan neuf ; la lassitude qui parfois l'envahissait s'était volatilisée. Il me remercia maintes fois d'exister.

« La séparation n'est qu'illusoire », répétait-il avant que d'éteindre sa lumière, persuadé qu'aucune cloison n'avait poussé entre sa Coraline et lui. Il était encore amoureux, n'ayant transvasé cette passion dans celle du Christ que pour ne point tomber fou. « Je danse dans ma tête », me révéla-t-il ce dimanche où lui et moi, reclus dans notre chambre ainsi que dans une camisole, nous étions affalés sur nos lits. Puis : « L'absence est une source de joie. »

Nous parlâmes, marchant en direction du mess, de Jésus. Le Christ n'avait jamais été pour moi le prince des accalmies, mais au contraire un grand perturbateur. Un déclencheur d'événements, un accoucheur d'orages, plutôt que le fantôme avachi des repos, que la forme fugitive, pure, des sérénités intimes. Quitte à « croire », expliquai-je à Ross, autant croire au mouvement, au jaillissement : le spirituel était ce qui me sortait sans cesse de moi-même, au lieu que de m'y enclore davantage. Les Évangiles, loin d'être l'ovoïde et rosâtre catalogue des assoupissements, des abandons contemplatifs, étaient un siège éjectable, propulsant la vie en dehors d'elle-même, au plus loin de moi, afin que jamais je ne me ressemble. Il s'agissait de tout devenir – sauf ce qu'on risquait d'être. Expérimenter l'infini, les aventures hardies, conspuer toutes les stabilités… La Révélation de la parole, c'était cela : être jeté à côté de soi, catapulté dans les perspectives et les nébuleuses, improvisant sans cesse – le Christ en croix avait montré que la fixité c'était la mort, que l'enfer était cet étouffement multiplié en nous, dès lors que nous sommes incapables de nous renouveler, de nous inventer, de nous traduire autrement. Il s'agissait davantage de se trahir, dans un ordre plus élevé, que de s'arrimer imbécilement à une fidélité à soi qui n'était qu'une chimère, une illusion – une aberration.

« Et il commença à leur parler en paraboles » : la parole est déviance, elle est déviation. « Ce n'est pas là un Dieu des morts mais des vivants. Vous vous égarez beaucoup », dit l'Évangile de Marc. « Le message de Jésus, continuai-je face à un Ross qui n'acceptait pas mes thèses mais les écoutait, est celui-ci : l'égarement, ce n'est pas de s'éloigner, c'est de rester. S'égarer, c'est s'abîmer dans l'immobilité, dans la pétrification des ossements ; le contraire de l'égarement, c'est de pouvoir errer, se perdre – se tromper. Tel est le privilège des vivants : être désorientés. Le drame des hommes, c'est qu'ils ne savent pas se perdre, emprunter les chemins de traverse, aller par monts et par vaux ; ils exigent de savoir en permanence où ils se trouvent avec une précision toujours plus poussée. Ils sont indéboussolables, condamnés au connu, au répertorié – au cartographié. N'être pas loin du règne de Dieu, c'est s'enfoncer dans l'ailleurs, l'étranger, quitter sa *contrée*. Jésus, dit Marc, "était dehors dans des lieux déserts". C'est de cela qu'il s'agit. Dehors, jamais dedans. S'ouvrir, ne pas se forclore. Dans le désert isomorphe, où les repères sont absents, le paralytique doit se lever. Oui, l'immobilité, c'est là le seul enfer qui soit. L'enfer n'est pas brûlant, il est glacé. »

Nous longions la Meuse. Les rives étaient bordées de pavés entre lesquels poussaient, anarchiques, des plantes parasites, adéquates à la morne platitude du réel. Certaines possédaient des petites fleurs laides, presque monstrueuses. Leurs touffes emmêlées, contradictoires, formaient un cosmos hideux. Toutes ces ascensions de sève assemblées dans la grisaille dépassaient l'intention même du dimanche, pourtant décidé à répandre sa tristesse fatidique, immense, sur toute chose. Un bateau passa, produisant des oscillations. Les murs, de l'autre côté de la route au bitume fendu, exhibaient leurs écailles, leurs taches – leurs hachures.

Je me trouvais à Verdun, parlant du Christ avec un futur suicidé, quand d'autres s'étaient levés à Sorrente, à Naples, à Capri ; ma place dans le monde m'apparut fragile. J'ôtai mon béret, me grattai, remis mon béret, le vissant dans un mouvement semi-circulaire machinal. « Je vais répondre par écrit à tout ce que tu viens d'asséner, lâcha Ross. La seule chose que je sais, c'est que je ne suis d'accord avec *rien*. »

Verdun se ressemblait à mesure que nous avancions ; l'ensemble et les détails se confondaient. Les cloches sonnèrent. L'amitié de Ross ne m'était d'aucun secours : je me sentais seul dans le jour pétrifié. Les jardins, les clôtures, les portails, les façades des maisons laissaient deviner un lointain reflet de la mort. La ville était un amas de rectangles entrelacés ; je piétinai, entendant la respiration exagérée de Ross, des mauvaises herbes à graines jaunâtres enfermées dans des gousses poilues. Le temps n'était plus un écoulement, mais une camisole ; plus rien n'en surgirait – jamais. Je finirais à cet endroit, sur la berge, foulant des tiges. L'ardoise grise, bleutée, des toits, se gonfla à son tour de désespoir ; les fenêtres étaient borgnes. Tout paraissait usé. Il était midi passé. Une brise fraîche commença de souffler. Ma jeunesse se déroulait ici. Qui allait réparer ce temps, perdu à jamais, éparpillé sur la cendrée de tels chemins ?

7. – Lourenço incarnait le bigor sans histoire. Il se comportait correctement avec ses camarades ; je n'avais point besoin, jamais, de le rappeler à l'ordre. Il cirait ses brodequins d'une façon efficace, faisant fondre la cire avec un briquet comme on le lui avait enseigné ; d'aspect grassouillet, affublé à vingt ans déjà d'un double menton, ses condisciples se plaignirent bientôt du bruit qui, la nuit, émanait de cet élément presque exemplaire. Lourenço, la chambrée endormie, ouvrait nuitamment des paquets de chips, de bonbons, de diverses saucisses conditionnées sous plastique.

Je ne m'en étais pas avisé ; je passais rarement dans les dortoirs, abandonnant cette tâche aux caporaux, aux sergents. L'ambiance, pleine de ronflements, était lourde d'odeurs de chaussettes et de serviettes moisies. Des remugles violents de panards confinés, de vents rancis et de sperme mort flottaient là, dans l'obscurité verdâtre abîmée d'un carré de lumière. Ces corps jeunes, fatigués, remplis de sommeil, enfermés dans leurs exhalaisons, leur nombre, ne donnait guère envie de zigzaguer entre les lits superposés. Les trognes, aux bouches grandes ouvertes, offraient un spectacle d'affreux mascarons au souffle méphitique.

Pendant que ses camarades étaient plongés dans leur coma et leur transpiration, Lourenço grignotait. Une nuit, le crépitement de ses chips réveilla Thouvenin. Autant Lourenço, inoffensif et débonnaire, s'apparentait à une peluche, autant Thouvenin, maigre et roué, était mauvais comme un vieux vinaigre. Prognathe, faciès d'éperlan, le front engoncé dans le crâne, en recreux, il projetait alentour de sa personne des regards butés qui ricochaient sur le ciment, les parpaings, le crépi, les briques, les gens, et lui revenaient en boomerang. Sa vision du monde ne comportait aucune vision et pas le moindre monde. Thouvenin était écailler ; son univers mental disponible se voyait circonscrit aux dimensions de l'huître, dont il imitait la dureté. Il parlait indistinctement, élidant des syllabes entières. Il semblait sans passé ni avenir, pris au piège comme un poisson rouge, tournant infiniment dans le bocal de l'instant présent.

J'avais envoyé Thouvenin au trou à plusieurs reprises ; il m'avait notamment menacé dans le train menant vers Paris. Il avait expié son crime dans la pénombre crasseuse d'une cellule, sans autre activité que de me maudire et de réfléchir à son acte. Les sergents l'avaient à l'œil ; on redoutait sans cesse qu'il ne prépare un mauvais coup. L'humanité fournit parfois des êtres sans dimension apparente, stupidement cois, logés dans le silence. Ils sont livrés par la nature avec des bras, des jambes, des yeux pour voir ; ici s'arrête le parallèle qu'on peut dresser avec les humains. Leurs gestes semblent des ratures, leur haleine du poison, leurs intentions un protocole d'instincts. Thouvenin était décoratif, mais à l'envers : tacitement sur la Terre pour l'enlaidir, convoité par les mauvais esprits, gouverné par les succubes. Un écervelé méchant : la pire espèce qui soit.

Thouvenin ne s'émerveillait de rien – jamais. Il était indifférent au soleil, à la neige. La pluie tombait sur lui sans qu'elle eût paru le mouiller. Il possédait le charisme d'un cigare froid. Il mangeait beaucoup, malgré sa maigreur de fer. Un duvet de moustache, recouvrant des bubons, ornait sa lèvre supérieure mince et mauve.

C'est derrière l'ordinaire, après le repas du midi, qu'il roua Lourenço de coups. Il l'avait patiemment attendu, léchant un quignon de pain sous un ciel en lamé d'argent. Un premier uppercut, enclume crachée par un titan, vint frapper Lourenço à l'estomac, qui se plia. La scène s'était déroulée tranquillement, presque au ralenti, sans un bruit ; on eût dit que devant Thouvenin se tenait un établi invisible sur lequel, calmement, froidement, il choisissait les coups de poing à l'étalage, comme on élit un melon.

Lourenço vint me trouver. Il entendait porter plainte contre Thouvenin, contre moi-même, contre le ministère de la Défense, contre l'État français. Je tentai en vain de le calmer ; Thouvenin fut sévèrement puni et changé de batterie. Lourenço, d'habitude jovial, commença de se ternir. Il scrutait les autres, non plus de ce regard bêtement sucré, timide, plutôt stupide qui le caractérisait auparavant, mais en les fixant à la façon d'une lame prête, ardente – pointue. On me fit part de menaces que ce « bon gros », devenu désormais l'ennemi de tous, proférait çà et là. Jamais je n'avais vu psychologie se métamorphoser à telle vitesse.

Lourenço déploya sa cruauté en brisant du verre, qu'il disposait dans les rations de combat de ses camarades sur le terrain ou dans leurs assiettes à l'ordinaire. Puis ce furent bientôt des clous, des vis minuscules, d'imperceptibles tiges d'acier, des trombones. Il jouissait de faire avaler à ses semblables cette ferraille qui eût pu en assassiner quelques-uns. Son manège fut repéré grâce à Petitjean, dont la bouche, un matin de footing sur les bords bleutés de la Marne, s'était mise à cracher du sang.

Lourenço fut convoqué chez le chef de corps ; il passa devant le conseil de discipline, évitant de justesse la prison. Aucune de ses nombreuses victimes ne porta plainte. Le hasard, six ans plus tard, me plaça en face de Lourenço dans le vingtième arrondissement de Paris. Lourenço m'avait lourdement accaparé : il était pris de boisson. La voix terreuse, le teint brun tabac, l'odeur spermatique, il était affublé d'une compagne au chapeau conique et au regard obtus.

« Mon lieutenant ! Vous allez bien ? Je vous déteste ! Je vous hais », m'avait-il hurlé au visage avant d'embrayer sur un rire verruqueux. Je passai mon chemin, il me suivit en beuglant : « J'aurai votre peau, mon lieutenant ! Vous êtes sur ma liste ! Je suis un cramé de la tête ! Vous êtes *dead* ! » S'ensuivirent des ricanements atroces, semblables à ceux dont on sature les films d'horreur, qui sortaient de la cage thoracique de sa belle. « Je peux vous dire, ajouta-t-il tandis que je pressais le pas, que vous en avez avalé du métal ! »

Je dormis mal cette nuit-là ; des douleurs abdominales firent leur apparition. Je « somatisais ». Je décidai de passer une radiographie, laquelle révéla que mon intestin abritait bel et bien un petit ressort métallique. L'extraire était inutile : mieux valait le laisser gésir là, au beau milieu des sucs, des selles, des déjections – des digestions. Je fis immédiatement le lien avec Lourenço, intrigué par la manière dont il avait pu opérer. Que le lecteur ne s'attende pas à la résolution de cette énigme : je n'en connais pas, n'en connaîtrai jamais la réponse. Lourenço était bien l'auteur de cette prestidigitation, qui m'adressa par courrier – comment avait-il obtenu mon adresse ? – le dessin d'un petit ressort parfaitement jumeau de celui qui écoulait ses immarcescibles jours au pays de mes tripes.

La folie humaine est sans bornes ; elle ne consiste pas simplement à vouloir exterminer les juifs, à brûler les impies, à lâcher des bombes sur des millions d'innocents, à violer des enfants, à trancher des têtes, à multiplier les charniers. La folie humaine peut se faire plus modeste, plus banale, plus mesquine, venant chercher (et trouvant) une satisfaction dans l'ingestion par un tiers, à son parfait insu, de tubulures et de limaille, de fils de cuivre, de pointes et de tiges, de vis – de boulons.

J'étais exaspéré par cette réalité contre laquelle je

ne pouvais rien faire : mon abdomen abritait, *quelque part*, un souvenir de Lourenço, une chose, un corps étranger installé, placé par lui. D'une certaine manière, *il avait gagné.* Il avait remporté une victoire sur moi ; il me contrôlait par un impossible biais. Il me dominait d'une inacceptable façon et par une voie incongrue. Il y avait du Lourenço dans ma chair, du Lourenço incrusté à jamais – chaque fois que j'aurais mal au bide, je serais dans l'obligation (tel était son fascisme) de penser à lui. Chaque fois que j'aurais des doutes sur l'origine de manifestations intestinales, il m'apparaîtrait, lui Lourenço, dans une lumière mauve et noire, conservé dans le formol de ma mémoire, avec son allure grasse et joufflue, empestant le foutre et la gnôle, grignotant des biscuits sous la lune.

J'étais blessé, j'étais vexé, j'étais meurtri qu'un personnage aussi dégoulinant, repoussant, fût parvenu à placer en mon intimité, au cœur même de mon intégrité biologique, un objet qui ne s'avale d'ordinaire pas ; à jamais je serais dupé par lui ; ce sujet vira à l'obsession. Je ne pouvais décemment pas, ma vie durant, rester sous le joug de ce médiocre – je méritais franchement mieux que du Lourenço en moi. Je me palpais de temps en temps, cherchant à sentir la présence de l'intrus parmi les viscères – Lourenço s'évanouissait le long du tube, insaisissable, diffus. Il était comme, à la guerre, ces ennemis qu'on devine dans les parages mais qu'on ne parvient pas à localiser.

Quand j'irais à Florence, à Reykjavik, à São Paulo, ce serait avec cette part, en moi, cet extrait, cette excroissance de Lourenço – un ressort débile ; je trimballerais dans le duodénum, dans l'intestin grêle, sa veulerie, sa petitesse, sa hideur et ses plaies. Je transporterais un peu de son poids. J'accueillerais jusqu'à ma mort son rire sonore et glaireux, son vocabulaire étroit, son avenir désaffecté. De quoi Lourenço avait-il bien pu vouloir me punir ?

Les femmes que j'ai embrassées savent-elles que je renferme cet ustensile et ce secret ? Quelle importance, du reste ? Ce n'est *rien*. *Absolument rien*. Mais telle est la forme la plus pure de la torture : invisible et indolore, sourde et dissimulée. Écrivant ces lignes, une étrange morosité m'envahit. Effet de sclérose, sensation d'ossification. Quelque chose en moi *s'aggrave*. Le rhume que j'avais attrapé est en train de dégénérer en sinusite. C'est, je le sens, je le sais, je le jure, la faute du bigor Lourenço.

8. – Le sous-lieutenant Paige était fier : il venait de passer lieutenant. C'était un homme de vingt-sept ans, légèrement voûté, aux mâchoires prêtes à broyer. La surface de son intelligence était limitée. Il vouait une passion aux moteurs d'automobile et parlait souvent de carburateurs. Il commandait une batterie (la 3e, si j'ai bonne mémoire) en renfort du capitaine Sicard (un officier plus intéressé par le tam-tam que par les grandes manœuvres).

Paige avait les yeux d'un vert de machine agricole ; quand il les plantait dans ceux de son interlocuteur, on devinait sa folie. Il incarnait ce qu'on avait coutume d'appeler le « fana mili ». Servir la France était sa vocation ; il eût donné sa vie sur-le-champ pour que les couleurs du drapeau tricolore vainquissent. Son obsession se concentrait sur les « stages commandos », dont cette bestiole raffolait. Il eût rêvé que son existence s'écoulât dans la gadoue, sous une pluie drue, le treillis déchiré et le faciès griffé, rampant, sautant, roulant sur lui-même entre les balles sifflantes, ou encore dans un désert à l'haleine brûlante, en tenue de camouflage couleur sable, crachant du sang et se sacrifiant, bouche ouverte et bidon vide, pour l'honneur de la patrie.

Un poignard non homologué était accroché à son ceinturon ; il s'agissait d'un couteau de combat confectionné sur mesure dans une armurerie de Besançon, dont il était originaire. Il aimait à passer sa paume sur la crosse de son pistolet et, d'un doigt machinal, faire cogner le chien de l'arme contre le percuteur. Il passait au Club des lieutenants pour un as du fusil-mitrailleur doublé d'un spécialiste du mortier. Je le revois à Canjuers, le visage à la fois poupin et belliqueux, doux et hargneux, le soleil frappant son casque lourd entouré d'une salade, dépassant de l'épiscope.

Il écoutait des chants à boire médiévaux, des comptines royalistes et Jean-Pax Méfret. Il n'excluait pas de rejoindre la Légion étrangère. Méfret, dont aucune radio, au grand dam de Paige, ne diffusait les chansons, était un ancien journaliste qui avait milité, et œuvré, pour que l'Algérie restât la France. Devenu membre actif de l'OAS, il avait connu la prison pour avoir occupé les locaux de la radio d'Alger au printemps de 1961.

Il avait débuté sa carrière de chanteur sous le pseudonyme peu éloquent de Jean-Noël Michelet, obtenant au mitan des années soixante, en pleine période yéyé, le grand prix de l'émission « Âge tendre et tête de bois ». Son œuvre, d'inspiration patriotique et frappée du sceau de la virilité, conspuait sans nuance, mais non sans talent, le totalitarisme rouge et l'amatcurisme socialiste. « Jean-Pax » était un des rares chanteurs de variété à connaître, à s'intéresser, à évoquer Diên Biên Phu, la bataille de Camerone ou l'opération

Bonite menée par le 2e REP (régiment auquel Méfret appartenait) à Kolwezi.

Je possède une photo sur laquelle Paige, luisant de fierté, exhibe le jour de sa montée en grade son sabre d'officier, à la lame étincelante recourbée comme une gousse de vanille, devant l'impeccable escalier du mess. On devine sur le cliché que tout son cerveau est mis au service de sa cause : glorifier les grands anciens, rendre justice aux morts, ceux dont les boyaux furent criblés de balles adverses et qui, dans la lumière approximative d'un soleil d'automne, tombèrent comme des mouches au champ d'honneur. Cette ascension dans la hiérarchie militaire lui faisait tourner la tête. On peut remarquer sa nuque rasée de près, où des petits poils, semblables à des fils métalliques dignes de Lourenço, perçaient le derme, occasionnant des rougeurs et de minuscules bubons dont certains, arborant une pointe blanche, trahissaient un début d'infection.

Il arbore des pommettes hautes, un front bas, l'expression de ténèbres exagérées ; son nez est écrasé. C'est l'allure d'un homme à la personnalité oppressante qui, emmuré dans son enfance, surjoue le soldat, le mercenaire – le guerrier. Mais Paige n'aspirait au combat que parce que nous étions en temps de paix ; son arsenal, son attitude, son discours, son décorum, en lesquels son étonnante énergie se gaspillait, montraient des crocs imaginaires – c'était un lieutenant pour conflits virtuels, un héros de pacotille, un belliciste de fête à neuneu. Son majeur était orné d'une chevalière aux initiales d'un oncle mort en Indochine.

Paige, pendant les déjeuners, les dîners, n'abordait, dans un vocabulaire au demeurant furieux, que des questions de stratégie, de matériel, d'état-major ; il fulminait contre l'incurie de nos généraux. Il avait, affirmait-il, envoyé une « lettre musclée » au ministre de la Défense à propos de la « question yougoslave ». Aimant à nous prendre nous autres aspirants comme têtes de Turcs, il moquait d'un timbre de stentor, multipliant les gestes obscènes, notre manque de témérité, notre propension à la couardise, notre désolante absence d'esprit patriotique. C'était à cause de gens comme nous que selon lui la France avait démissionné de ses prérogatives immémoriales ; notre nation avait quitté la scène de l'histoire « avec un grand H » parce que ses officiers avaient cessé d'être dignes de leur grade. Lui était prêt pour la « grande aventure » ; il n'attendait, contrairement à l'assemblée de pleutres que nous formions, que l'occasion de prouver l'immensité de son courage.

Cette impatience, cette intempérance qu'il montrait, le tissu de son treillis imprégné de l'odeur des Cohiba modèle Robustos qu'il coinçait entre ses dents jaune pâle, étaient parvenues aux oreilles du chef de corps. Le 3e Rama était alors commandé par le colonel Saceda, un homme que je crois n'avoir jamais vu qu'assis – si bien que lorsque je le croisai un jour en manœuvre, au camp de Mourmelon, il m'avait semblé qu'un miracle comme ceux qu'on espère en la grotte de Lourdes avait rendu ses jambes à ce tronc galonné. Saceda, nanti de rudes qualités (il s'était illustré au Liban et au Tchad), convoqua le lieutenant Paige qui, surabondant de vitalité, se rendit en grande tenue terre de France dans les bureaux de son supérieur. Le colonel, aigle déguisé en moineau, se montra sous le seul uniforme dont il était en réalité capable : celui d'une terne humilité. C'était un homme à l'élocution encombrée, qui de ce fait s'exprimait peu. Il commença par féliciter Paige pour son avancement ; puis, l'air impassible, presque évasivement, lui demanda comment il se sentait au régiment.

Paige, tel le réacteur fraîchement allumé d'une fusée, démarra un soliloque d'une vantardise inouïe, traînant dans un dépotoir d'expressions lamentables et d'adjectifs diffamants ses collègues et son environnement ; « en cas de guerre » (son expression fétiche), il n'y aurait, expliqua-t-il au colonel qui avait superposé ses mains sur son ventre et plaqué sa tête contre son fauteuil à dossier basculant, que des velléitaires et des attendris, des petites natures et des fiottes. Tous ceux qu'il côtoyait céans, à commencer par les chefs de section, furent décrits par Paige comme des déserteurs en puissance, des couards qui, aussitôt l'ordre de mobilisation publié, seraient défigurés par les pleurs et prendraient la poudre d'escampette. Le lieutenant Pinguet ? On remplirait vingt copieux volumes des épisodes de sa lâcheté ; sous le feu, il abandonnerait son propre géniteur et la totalité de ses enfants. Le major Lafille, pourtant grièvement blessé à Faya-Largeau ? Une imitation de valeureux, une contrefaçon de combattant. Le capitaine Nédelec, qui faillit perdre la vie et vit mourir sous ses yeux son propre frère au Zaïre ? Un romantique, une demi-portion. Quant à ses hommes : de dérisoires pioupious, des germes de déserteurs – des épaves de carabiniers. Il s'en voulait beaucoup, lui Paige, qui nourrissait des appétits de parachutisme et de barbes carrées, de sections d'assaut et d'opérations spéciales, d'avoir atterri dans ce régiment.

Lorsque Saceda, la paupière mi-close, annonça à Paige qu'il envisageait pour lui une mission de trois mois à Sarajevo, où la guerre faisait rage, le lieutenant sentit une sueur à la fois torride et glacée dégouliner dans son dos. Il devint parfaitement blanc, d'un blanc de crottin frais. Bredouillant, mais mimant le sourire de l'honoré et la fierté de l'anobli, il remercia le chef de corps, qui souriait tranquillement et lui proposa un cigare. Paige, qui paraissait de plus en plus proche du garçon de café et de plus en plus éloigné du médaillé de guerre, refusa le Roméo et Juliette tendre et dodu, bistre et frais, appétissant, qui lui était présenté par l'officier supérieur dans une boîte molletonnée d'une moquette vert billard ; sa déglutition semblait empêchée. Il fallait qu'il réfléchisse à la proposition du colonel : ses appétits militaires se voyaient certes satisfaits, mais sa mère étant atteinte d'une « maladie sérieuse », il trouvait plus sage de ne point quitter la France pour l'instant. « Considérez qu'il s'agit là davantage d'un ordre que d'une proposition », glissa Saceda en faisant claquer, dans un bruit de bec de jar, le couvercle de la boîte.

« Mais… C'est que je ne suis pas volontaire, mon colonel… », argua Paige. « J'entends bien, reprit le chef de corps, mais ce serait enfin là l'occasion de nous dévoiler vos dons. De votre propre aveu, et j'en suis convaincu, vous êtes notre meilleure pièce » (le colonel utilisait le mot de « pièce » pour signifier « élément »). Paige sentit le malaise l'envahir ; trempé de sueur, grimaçant de honte, il tomba à genoux sur le parquet. Puis il joignit les mains ; dans son regard vert se lisait la panique infinie qu'on rencontre chez le petit enfant qui a perdu sa mère dans les travées du supermarché. Des larmes coulaient à présent sur son faciès militaire. Une lumière blanchâtre, par la fenêtre entrouverte, montrait la direction de la grande route des cieux. « Je vous en supplie, ayez pitié mon colonel ! »

9. – Le lieutenant Denoix avait les poignets osseux. Sa figure molle était abîmée par une verrue. Il arborait des lunettes rondes qui le faisaient ressembler à Harold Lloyd. Je ne peux l'isoler, quand je repense à lui, des décors, frottés de gris et de bleu glacé, de l'hiver verdunois. Denoix, jusqu'à ce qu'il s'éteigne dans mon souvenir où il s'évanouit à la vitesse qui lui est singulière (chaque être possède en nous sa vitesse d'effacement propre), restera un homme hivernal. Je ne sais si ce que j'écris fait sens, mais je dirais de lui qu'il était un « être refusé » – refusé par les femmes, par la vie en général. Comme tous les myopes, il regardait ailleurs. Chez lui, cet ailleurs semblait morbide ; Denoix habitait un gouffre noir où s'agitaient d'horribles tentacules ; à la surface, ces affres, ces enfers s'étaient travestis en bitume. Nul n'était en apparence plus normal, plus formaté, plus réglementaire que le lieutenant Denoix. Sa voix, aigrelette, ne servait – comme ces soupes fades composées essentiellement d'eau tiède qui parviennent à donner l'illusion provisoire de stopper la faim – qu'à remplir le silence de lieux communs.

Je revois Denoix en campagne, lors de manœuvres

à Mourmelon, sous une pluie battante, les lunettes embuées, le regard auréolé de brume. Il était trempé comme un chien, fouetté par les bourrasques, impassible, imperméable aux trombes, les joues roses. Le soir, à la tablée des lieutenants, il expectora (ce n'était guère dans ses habitudes) des paroles de ressentiment. Il quitta l'assistance en colère pour aller regarder le ciel – un ciel pur, d'un noir ultime, comme une clarté inversée. La nuit était une mer où s'étalaient, parmi un fourmillement de lumières vacillantes, les millions de siècles écoulés jusqu'à l'apparition de Denoix dans l'histoire de la matière. Denoix était plus rétréci encore sous la voûte de tous les mystères, happé par le silence virginal des étoiles mouillées. Il pensa à son sort fatal, la mort. Il eut envie de vomir. Il n'avait rien réussi depuis sa naissance ; apprendre à faire ses lacets lui avait pris des années ; il avait su lire l'heure vers l'âge de quinze ans ; il avait manqué de hardiesse pour aborder les femmes et n'avait éprouvé de plaisir qu'avec lui seul ou parmi les prostituées.

Denoix ne connaissait pas, n'avait jamais connu l'amour. Cette chose si ordinaire et si rare, qui dilate le temps et multiplie l'existence, cette profondeur offerte à tous, qui permet à la stupidité toutes les revanches sur l'intelligence et reciproquement, lui était une expérience parfaitement inconnue. Il ne savait rien de ce mouvement irrésistible, de cette emprise brûlante, de cette illusion nécessaire. Rien des feux de la passion, quand vivre devient un déchirement et une caresse ; que les jours sont faits d'éclats de rire et de sanglots. Les êtres qui n'ont pas rencontré cette folie, privés des extrémités qu'elle suppose, qu'elle propose, qu'elle impose, s'en vont chercher leurs palpitations ailleurs, en des zones muettes et dangereuses, propices à faire d'eux des monstres. Nous vîmes, semaine après semaine, Denoix plonger dans un mutisme spectaculaire ; son effacement de toutes choses, comme s'il voulait gommer sa présence sur les jours, prit une tournure inquiétante. La moindre haleine semblait le briser, le moindre mot le hacher en morceaux.

Nous nous réunîmes, aspirants, sous-lieutenants et lieutenants, à l'insu de Denoix, pour tenter de l'aider. Les débats oscillèrent entre une certaine tendresse et une dureté salvatrice. Dans le camp des sévères, l'idée consistait à créer un électrochoc susceptible d'arracher notre semblable à sa torpeur. Tous étaient d'accord sur le diagnostic : une souffrance aiguë ravageait Denoix ; mais nul n'avait recueilli de sa part la moindre confidence. Le sous-lieutenant Loyon, un centralien rigide, l'avait surpris en train de pleurer dans les toilettes, une revue pornographique entre les mains.

Sur la photo que je viens de retrouver, Denoix a les lèvres violettes ; il se confond avec la tristesse impeccable de l'hiver – le froid est son Orient ; il y règne. Denoix habitait le gel ; les glaçons trimballés par la Meuse lui étaient une plage brésilienne fracassée par le soleil. Planté dans la froidure, face au vent, il sourit d'un sourire éteint. Tout est prêt sur ses traits à pousser le soupir du mourant, dans cet instant où ce monde, mille fois trop vaste pour cette vie qui fut la nôtre, paraît se rétrécir et se confondre avec elle, ainsi qu'un varech qui résumerait la mer.

L'idée surgit, je crois, du lieutenant Mugur (que le sida emporterait trois ans plus tard) : offrir un clebs à Denoix. La compagnie du chien apaise l'homme insulté par les jours. Je fus désigné, avec l'aspirant Faultrier, pour me rendre au chenil de l'Étang Bleu. Le chiot que nous ramenâmes était un bouledogue de couleur figue. Une tache blanchâtre ornait son goitre. Son sourire inversé avait l'air d'un boomerang. Une rivière laiteuse, de poils ras, s'écoulait jusqu'à la truffe dont les narines formaient la queue d'une sirène. L'œil (une cuiller couchée) abritait un regard jailli d'une nuit funeste. Ses oreilles de chauve-souris, du même rose girofle que la joue du nourrisson, formaient deux greffons de feuilles d'artichaut géant. De face, l'arrière-train dépassait de la tête, comme si quelque plaisantin avait scié les pattes de devant. Je baptisai cette entité « Soutzo », bien que ce fût un mâle, en contre-hommage à la princesse du même nom, épouse de Paul Morand, pour la punir posthumement de ses fougues antisémites. Je réalise aujourd'hui quel préjudice, ce faisant, je causai à cette pauvre bête à la lèvre pendante dont la salive – un coulis visqueux – évoquait le débordement diffus d'une vasque.

Ladite entité, baveuse, grommeleuse, vaguement trouillarde, fut offerte lors d'une cérémonie pleine de champagne au lieutenant Denoix. Nous avions guetté sa réaction comme celle d'une flamme immobile perdue dans les eaux : allait-il s'éteindre un peu plus ? Reprendre de son feu ? Il existe mille nuances dans l'expression de la joie. Denoix choisit, en considérant qu'un tel nuancier puisse exister, une intention basique, la première du catalogue, celle qui dissolvait la sensation, devenue chez lui habituelle, de l'indifférence. Il parut reconnaître le cadeau comme tel. Même si le contentement qu'il affichait ne masquait pas sa propre exagération, l'impression d'un désengourdissement prima. Nous fûmes soulagés.

Denoix, durant les jours qui suivirent, eut à cœur de nous montrer que les fissures lézardant sa personne se rebouchaient partiellement grâce à l'irruption de cette canine présence dans sa vie (une vie de suffocation, de convulsions, de tortures intérieures qui avait fini par rendre approximatif son désir de continuer à s'inscrire parmi les choses). Partout, tel un mal tropical, la bête le collait. On eût dit les noces de deux plaies. Dans la rue, à la caserne, avec cette gratitude envers le destin qu'ont les rescapés d'une tempête quand l'océan s'apaise pour redevenir une peau d'éléphant qui s'étire jusqu'aux Amériques, Denoix et « Soutzo » allaient par deux – ils avaient trouvé leur place dans l'espace et dans le temps. Telles les bouées des ports, ils oscillaient, mimant la mobilité et le mouvement, mais restaient arrimés au sable de la terre par le métal de l'ancre.

« Tu es content avec ton chien ? » avais-je demandé dans le salon attenant à la salle à manger du mess (une véranda où des mélilots blancs et de la gentiane en plastique surgissaient de vases Belle Époque) à l'intéressé. Lui, le regard perdu dans le désert : « Oui, merci. Tu l'as bien choisi. » Dans ce coin reculé du monde, nous évoquâmes à renfort de clichés la situation en Yougoslavie. Je devinai que malgré ses efforts pour donner le change Denoix n'avait point maté ses démons. « Ça va mieux ? Tu es sûr ? » Ce à quoi il me répondit que son mal-être n'était qu'une hypothèse malveillante, qu'il était simplement « à part », que ce que nous prenions pour l'expression d'une nature dépressive n'était que la manifestation d'une réflexion absorbante : Denoix avait un « projet politique d'assez grande ampleur » dont il ne pouvait *pour l'instant* parler (il insista sur ce « pour l'instant » en griffant le carré de soufre d'une boîte d'allumettes dépliante qui vantait les mérites d'une pizzeria).

Dix jours passèrent ; un midi, tandis que les lieutenants se vantaient de leurs exploits à leur table accoutumée, Denoix arriva. Il s'assit, commanda son repas auprès du maître d'hôtel (nœud papillon, gants blancs), exigea un pastis. Nous le trouvâmes différent ; je veux dire : différent dans sa différence, exotique dans son habituelle folie – bref, changé. Son élocution était précipitée ; le flux de ses paroles, abondant. Des filets de sueur serpentaient sur son front. Il se mit à parader, à plaisanter – cela sonnait aussi faux qu'un chasseur, bottes aux pieds et fusil en bandoulière, dans une salle de billard, grimaçant avant de passer de la craie bleue sur l'embout de sa canne en calculant trois bandes. « Je suis allé faire un tour en forêt », lança-t-il sans qu'aucun d'entre nous lui eût demandé quoi que ce fût. Habitué à voir Soutzo au mess, je puisai un morceau de jambon dans mon assiette, passai la main sous la table, mécaniquement (jeu auquel je me livrais souvent avec cette pauvre bête). Nulle réaction. Je passai ma tête sous la table, cherchant le chien – en vain. Je ne vis qu'un entrelacement de rangers cirées. Seules celles de Denoix, comme le bas de son pantalon de treillis, sortaient du lot, éclaboussées de sang.

10. – La nécropole de Glorieux exhibait ses tombes peignées. Dessous dormaient, pour toute la vie du monde, des enfants solitaires. Des tempéraments véritables s'abîmaient dans le silence de la pelouse, rasée comme une barbe. S'y promener fut comme une messe ; c'était un champ géométrique d'épouvantails pétrifiés, les bras écartés, parallèles. Aucune de ses croix, couleur de camélia blanc, n'était enveloppée de la notification péremptoire d'une date, d'un nom – d'un prénom. La mort avait dessiné ici, dans l'inverse strict de toute action, de toute guerre, une caravane immobile. Le soleil, ricochant sur leur pierre pâle, aveuglait comme aveugle une lampe torche. Quatre mille soldats français, et deux anglais, dormaient, debout, sous des silences qui n'assaillaient pas. Des troupes fixes, séparées de l'existence et du danger par cette extinction brutale de tous les étonnements que représente la mort, étaient plantées, comme semées, dans ce jardin vert qui n'était qu'un drap. C'était le sanctuaire du gâchis.

Ils avaient été jeunes et l'étaient encore ; ils n'avaient jamais cessé de l'être. « Tombés à l'ennemi », surpris dans le souffle de leurs vingt ans, leur vie donnant sur la grande baie de l'avenir, la guerre les avait empêchés d'aller plus loin sur le calendrier ; leur chemin vers l'océan avait bifurqué vers des mousses. Quelque chose qui les avait dépassés, les dépassant encore, les dépassant chaque jour davantage jusque dans leur pénombre – quelque chose les avait empêchés d'avoir trente ans. Clos dans la pourriture, pris dans les lentes heures de l'humus, ils n'avaient pour la plupart point atteint ces jours transis où, soudain converti au bonheur, l'homme adulte berce son premier enfant. Ils n'avaient pas éprouvé, par manque de chance, de temps, par folle démission du destin, cette boule qui naît dans la gorge quand on devient grand-père ; ils ne se hisseraient jamais, par exemple, jusqu'aux années cinquante, qui pour nous est un passé enfoui et pour eux un futur à tout jamais suspendu.

J'emmenai ma section visiter ces égaux. Nous nous taisions le plus possible, comme si, le forant, nous voulions toucher la strate ultime du silence. Dans ce monde tu, le cri et le murmure nous paraissaient également obscènes. Nous eussions eu, en émettant un seul mot, la sensation de remuer la tourbe des sacrifiés. Parmi ces morts de notre âge, alignés comme des années, un certain nombre, pensai-je, eussent atteint, même mordus par la déchéance, même gagnés par la maladie, l'époque de Marilyn et de Kennedy, l'ère des beatniks et du Vietnam – où leurs successeurs dans la même jeunesse étaient devenus leurs successeurs dans la même mort –, la période Reagan, voire, pour les plus récalcitrants et les mieux nantis, la chute du mur de Berlin. Certains, oui, se fussent entêtés à vivre avec une énergie presque aussi intense que celle avec laquelle l'oubli les rongeait.

Je pensai à ce cimetière la nuit, déshabillé de tout regard, vierge de toute visite, dans la terrible solitude de cet alignement auquel il était aux alignés impossible d'échapper. Ils s'étaient battus pour la France ; la blancheur des croix refusait d'éteindre la nuit, comme pour assurer la permanence du néant sur ce morceau de globe.

Les nécropoles, sous les étoiles, dorment-elles du même sommeil que celui qui s'impose sous le soleil, quand des yeux parcourent leur bitume, leur plâtre – leur dalle ? Je ne sais ; mais j'imaginai que, lorsque le soleil mourait à son tour pour les rejoindre dans le néant, les morts-pour-la-France s'entretenaient de leur silence, Lebel posé, moins allongés peut-être que dans la journée. Je voulais de toutes mes forces supposer qu'ils pouvaient, tandis que les vivants dormaient à leur tour, s'extraire de leur paralysie pour remuer un peu, se dégourdir les membres, manger un morceau de terre, avaler un caillou, lécher une feuille lustrée par l'aube. Cette imagerie naïve et puérile de ressuscités provisoires, de zombies patriotes, était consternante, mais m'intéressait – j'espérais que ces spectres se soulevassent, agitassent leurs cendres, leurs os pour recouvrer un nom, un matricule et s'arracher à leur sourde légende.

Nous agissions drôlement, nous les vivants, en expédiant la mort des autres à une perpétuité normale, logique, paisible, qui en rien ne nous affectait. Certes, il était dommage, nous répétions-nous évasivement, que ces vies consommées n'eussent pu pratiquer davantage l'escalade ou s'étaler sur la chair des femmes ; mais rien ne paraissait plus excitant que nos propres jours, notre avenir fleuri ennemi de tous les repliements, de toutes les extinctions. Tant pis pour l'engrais des autres, tant pis pour les chardons poussant sur les vies achevées ; l'intrépidité était encore possible, placée devant nos actes – la beauté se dressait devant nos yeux. On ne peut se lamenter abusivement sur la charogne, il faut bien avancer.

Cottin venait de passer caporal-chef. Dans un accès de blues, il m'interrogea sur la folie des hommes et cette consommation d'existences vermineuses. Dans la géographie des défunts, une seule chose compte : la présentation. La dignité des espaces, la taille impeccable du gazon, la fraîcheur des fleurs – toute mort doit donner l'illusion de dater du matin. Rien, même dans les décès les plus reculés, ne saurait transpirer du temps qui passe, de son étalement lamentable.

Les croix marchaient dans leur fixité, avançant sans avancée ; leurs étapes étaient des étapes figées – elles étaient merveilleuses à leur façon, comme si la tristesse, elle aussi, eût le pouvoir de produire ses propres créatures. Rien de plus troublant que la beauté de cet algèbre funéraire ; on avait tiré sur ces hommes, ils avaient trébuché dans la boue, sous la pluie, mélangés à la gadoue et à leur sang. Cette croix les démaculait, les gardait formidablement, décrétant l'équivalence de leurs courages. On avait installé les peurs les unes à côté des autres sous la fournaise du soleil verdunois.

Ces croix lisses et livides ne pouvaient scintiller pour leur propre compte ; c'est ensemble qu'elles étaient calmes ; ensemble qu'elles étaient épouvantables et qu'elles étaient tranquilles.

Je n'avais rien à dire à Cottin ; je n'allais pas lui énumérer les dates de la Grande Guerre. L'histoire ne supporte pas l'approximation ; je sentais que, me lançant dans un cours improvisé, j'allais oublier des éléments, des rebondissements, des liens de causalité, des épisodes – des phases. La seule manière de raconter 14-18 était là, plantée devant nous, en farandole rectiligne, statique et muette, arrangée, agencée dans le soigneux léthé qu'on intitule « devoir de mémoire ».

La commémoration tue les morts une seconde fois ; elle exhorte les vivants à convoquer l'abstraction de dates qu'ils ne connaissent que par la contrainte, l'habitude – le réflexe. La commémoration propose qu'au lieu du souvenir s'érige, une fois l'an, une cérémonie qui permette l'économie d'une pensée au profit de l'évacuation mécanique d'une émotion sécularisée. Les larmes entrées dans les mœurs, dans les institutions, dans les vieilles pierres et les calendriers, nous n'avons plus, faisant notre devoir de citoyen, qu'à les entériner d'un geste furtif, soit en défilant, soit en regardant le défilé.

Le lendemain, j'ordonnai une marche de quatre heures en plein soleil, agrémentée d'exercices de topographie. Le soir, épuisés, les bigors voulurent me chanter une composition de leur cru dont j'étais la figure principale. Pinard jouait de l'harmonica. Maillard avait réalisé un feu de camp approximatif ;

la fumée s'en échappait anarchiquement, nous faisant tousser. Je dormis mal cette nuit-là. J'avais emporté un Gombrowicz qui m'avait fait douter de mon talent. *Ferdydurke* ne ressemblait à aucun roman que j'avais lu jusque-là. Telle est peut-être la seule définition du chef-d'œuvre : la sensation du renouveau radical d'un genre dont nous pensions naïvement qu'il avait épuisé tous ses avatars, consommé toutes ses surprises. Ce Polonais, que je ne connaissais pas et dont j'avais acheté le roman sur la seule fascination que la couverture avait provoquée sur moi, était devenu mon héros et mon ennemi. Sa prose fondait dans la bouche, se mêlant à la fumée blanche ; elle me parut inimitable : cette simplicité enfantine proposait une inaccessibilité inhabituelle, sans le moindre rapport avec ce que j'avais cru être la « littérature ».

Je compris sous ma tente que ce qu'on nomme par excès de paresse « littérature » est une chimère ; elle n'existe pas davantage que la licorne ou Pégase. La « littérature » est ce qui perpétuellement s'évade de sa définition ; les yeux se remplissent d'un sang nouveau, qui brouille la vue, fait voir autrement, fait pleurer différemment. La « littérature » est cette chose qui propose d'autres yeux et d'autres larmes – ce qui nous paraissait superbe chez un auteur, voilà que l'auteur suivant en fait un misérable tas de fumier. Le grand écrivain est celui qui nous rend la laideur magnifique et la beauté exécrable ; il intervertit les dogmes – il fait gémir là où nous avions pour habitude d'éclater d'un grand rire sonore. On suffoque où nous respirions ; quant à l'inacceptable, soudain il nous agrée. L'impossible devient un lieu d'agrément, une destination de vacances. On se repose en enfer ; on se mutile au paradis. Tel est le seul programme de la « littérature ». Elle ne change pas le monde – elle modifie l'œil.

11. – Le chef de corps avait ordonné pour les cadres officiers une marche commando. Cela consistait à parcourir, en moins de cinquante minutes, huit kilomètres avec paquetage complet en guise de fardeau. Je n'eus aucun mal à m'en tirer, bien que le rythme fût fort soutenu – le mot de « marche » est euphémistique. Je comprends qu'on puisse trouver infantile qu'un écrivain, toutes ces années après, parvienne à puiser un reliquat de vanité dans ce banal exploit. Je ne saisis pas moi-même d'où provient cette fierté.

Je formai bientôt une nouvelle section. Le major Leboulch, qui m'assistait, avait développé envers ma personne une haine irraisonnée. Ses parents, disparus dans un accident de la route lors d'une escapade estivale sur la côte vénitienne, avaient laissé derrière eux un être robuste aux muscles expressifs, dont le visage abritait une expression de bouillante inimitié. On eût dit qu'il voulût m'assassiner à la première occasion, me jeter au visage une fiole de vitriol, m'attendre dans un ombreux recoin pour m'y estourbir.

Leboulch désira me défier – cela ne se fait pas à l'armée, où les sous-officiers n'ont, hélas, d'autre horizon que le respect inconditionnel de leur chef et la soumission à l'autorité. Ce défi consistait à me « prendre » à la marche commando ; j'acceptai en souriant. Le régiment eut très vite vent de l'incongruité. Des paris furent faits – on misa. Je possédais la jeunesse, j'étais riche de plusieurs mois d'entraînement ; je connaissais les pièges et les difficultés de l'épreuve. Je savais « gérer l'effort » ; le major, plus âgé que moi de quinze ans, avait pour lui l'expérience, la force du paysan, le corps robuste du gaillard à fracas. Il venait de ces contrées reculées où l'on fabrique les hommes au canif. Des butors calculés pour durer, prévus pour résister, capables d'effroyables bonds, d'humeurs étranges et de gestes punis par la loi. Il s'était illustré au Liban, était dévoué corps et âme à sa patrie ; la mort n'était pour lui qu'une forme de désertion parmi d'autres.

Le défi ne pouvant se dérouler dans le contexte réglementaire du service, il fut décidé que nous en découdrions un samedi matin, d'homme à homme, déconnectés des hiérarchies et des galons. Le rendez-vous, à l'orée du bois de Consenvoye, eut lieu à cinq heures du matin. Je n'étais pas frais : mon concurrent trahit aussitôt un état pire que le mien. Il avait l'air d'un bougre surgi des gadoues ; son haleine était chargée. De formidables hématomes recouvraient son visage tuméfié. Il s'était battu quelques heures auparavant, dans un bar de la ville. Sa voix rauque impressionnait ; il parlait au brouillon, sans prendre la peine de reformuler au propre les indistincts salmigondis qu'il baragouinait. Ses mots sortaient des égouts. Tous deux étions affublés de notre tenue de combat. Huit kilos nous encombraient. Le chronomètre était tenu par le sergent-chef Mouchet.

« Pauvre merde », m'envoya Leboulch en uppercut. Puisque nous officiions en dehors des clous, en aucun cas je n'avais le droit de considérer l'offense comme une atteinte à mon grade. Ce n'était pas un subalterne qui m'invectivait, mais un pauvre diable à l'odeur exterminatrice – une outre à vinasse massue, frappée de ratafia. Le top départ fut donné ; nous nous élançâmes. Leboulch démarra comme un dément, sans économie, poussant des hurlements d'ébouillanté. Sa mélopée stupéfiante, jaillie de toutes les haines recueillies en ce bas monde, monta jusqu'à la cime des noyers. Leboulch dégoisait cet unique mantra : « Enculé ! »

Le soleil transformait la terre du sentier en or moulu ; la lumière se multipliait parmi les sapins – mon souffle voltigeait dans mes poumons comme de l'énergie neuve. Chaque dénivelé, chaque montée, qui habituellement me faisait grimacer, m'était un tapis roulant. L'air avait le goût d'un flocon de neige. Leboulch me devançait de quelques dizaines de mètres. Je percevais son souffle de buffle.

Il se retournait de temps en temps pour estimer son avance, la préserver – l'accentuer. Ses joues affichaient une polychromie à dominante rouge ; Leboulch persévérait dans les déjections verbales. Je me mis à suer démesurément. Leboulch, rigide, têtu, sanglier, accéléra. Les rayons du soleil zébraient son dos kaki.

Je voulais vaincre, sauver l'honneur (ce qui constitue toujours une défaite de l'esprit humain) : Leboulch m'apparut invincible ; sa salive pulvérisait dans l'atmosphère de petits éclats blancs. Il était absent au monde, enfoncé dans sa course, incrusté dans la pierre de sa trajectoire inamovible – sa vitesse, ses accélérations, n'appartenaient plus au monde de l'effort ; ils n'étaient plus qu'un dessin, la forme esthétique qu'il prodiguait à son entêtement prodigieux. Il s'additionnait, se propulsait au carré. Dans une conque de clarté, où deux bouleaux maigres firent office de porte d'entrée vers un sous-bois plus dense au relief accidenté, je perçus les soupirs du major ; chaque respiration était la dernière. Courant comme un endiablé en réalité il se couchait ; dans son esprit, c'était (pour tenir mentalement) une sieste qu'il faisait, étalé dans l'éclat roussâtre de la forêt, alangui, déconnecté de sa propre personne – atteignant le point maximal d'abandon de soi, de déréliction. Il s'arrangeait pour ne plus courir lui-même mais pour qu'un autre, un avatar, un sosie, prît le relais de cet effort ; ne pouvant s'infliger plus longtemps cette épreuve, le dédoublement le téléportait dans une vacance depuis laquelle il nous observait tous deux nous livrer à cet absurde exercice. L'écart entre nous s'accentua de nouveau – je me consumais en pure perte ; je n'avais plus aucune chance de remporter l'épreuve.

Leboulch trébucha, roula sur le sol, mélangé à la tourbe ; il émit un beuglement bestial qui me glaça les sangs. Il avait tout donné : le néant l'avait cueilli. Parvenu à son niveau je m'arrêtai net, m'avisant de son état. Une fracture de la jambe le clouait au sol ; j'allai pour déchirer son pantalon de treillis : Leboulch me gifla. Il me saisit, me happa, m'agrippa par les cheveux. Son haleine avinée manqua de me faire tressaillir. Il me mordit la joue jusqu'au sang. Il refusait mon aide et proposait de me tuer si je persistais dans mon assistance ; il se saisit d'un canif qu'il plaça sous ma gorge. De la lame, je sentis le poinçon.

Nul ne fut déclaré vainqueur ; Leboulch ne fut plus dès lors à mon égard qu'une boule de récriminations dévastatrices. Lorsque je le croisais dans l'enceinte de la caserne, les vibrations de l'air s'intensifiaient. Sa figure rouge me toisait – dans ses yeux, je pouvais feuilleter le volumineux catalogue des outrages qu'il rêvait de me prodiguer. Des tourbillons de gestes touillaient l'air ; il lui arrivait, passant son index sous son gros cou rougeaud, de m'informer que m'égorger serait une manière de soulager son existence de la mienne.

Leboulch continua de s'abîmer dans l'anisette et le houblon. Il se promettait de m'estourbir avant la « quille ». J'appris plus tard la raison de cette haine ; j'aurais, un soir où j'avais moi-même abusé de boisson, insulté Dieu. J'étais un blasphémateur. Abruti de rhum – un rhum apporté des Îles par le sergent Teritéaou – j'aurais (je n'en ai point souvenance) insisté sur la non-existence du Seigneur et relégué son Fils au rang de rejeton fictif. La foi, aurais-je enfin clamé, était l'apanage des gogos ; la religion, la cause de tous nos maux. La volonté qu'avait Leboulch de m'estourbir contredisait peu mes vacillantes théories ; ces déclarations imbibées, qui ne me ressemblaient pas, je tentai de les rectifier auprès de celui qu'elles avaient insulté. Leboulch ne voulut rien entendre. « Vous crèverez en enfer, mon lieutenant ! Je vous percerai le bidon. Je le jure devant Dieu. »

L'affaire ne fut jamais soldée. J'en avisai le chef de corps – il m'enquit de me « durcir le cuir ». J'aurais à vivre en m'attendant de recevoir par surprise une lame dans l'estomac. Le soir, sur mon walkman, j'écoutai Eric Dolphy. Un solo de clarinette me transperça le cœur. « Eric » y avait congédié toute forme de virtuosité. C'était sa sonorité qui m'avait ému : une sorte de parallélogramme sans fin, sans rebords, exclusivement composé de larmes.

12. – Le soir tombait ; la loi des forces abandonnait le monde. Une mollesse s'emparait des choses. La cour était silencieuse ; la lumière de l'ordinaire grésillait dans un recoin charbonné, au loin. Les grands murs brûlaient sous le feu crépusculaire. J'étais accoudé à la fenêtre de mon bureau. Une tristesse connue me trouait le cœur ; c'était celle – elle m'élançait – qui, sans cesse victorieuse, me susurrait que je ne plaisais pas aux femmes ; une voix m'indiquait, persistante, que je resterais jusqu'à ma mort dédaigné des belles, des fatales, des superbes – que pour trouver l'occasion d'une caresse, il faudrait un changement brutal de cosmos (un cosmos au sein duquel, de vaincu lancinant, je deviendrais vainqueur condescendant).

Je n'ignorais pas que, pendant que de précieux instants de ma jeunesse s'égrenaient, écrasés de lourdes heures et dilués dans de sinistres lueurs, des « gens », « dans le civil », faisaient l'amour à la pelle, se crispaient sur leurs plaisirs, insensibles à la désespérance des sangloteurs. La simultanéité des activités humaines fascine : tel fait du ski nautique sur la nappe des mers quand tel autre, sur son lit de douleur, s'éteint dans les gémissements.

J'opposais comme remède à ces instants d'abattement une fierté diffuse : je possédais le même grade que Péguy. J'appartenais à la tribu des lieutenants. J'aimais ce mot de « lieutenant », fait de soirs allumés, de nuits claires, d'aubes de combats. J'y devinais sous une nuit criblée d'étoiles des corps plus héroïques que le mien, des courages supérieurs à mon courage, mais dont, par quelque aberration institutionnelle, on m'avait fait l'égal – tous ces jeunes héros, écrasés au fond de leur glaise, brûlés par le feu de l'ennemi, cisaillés par des barbelés, fauchés par l'éclat des shrapnels : nous étions frères d'aventures quand je n'avais fait que chanter en temps de paix, ramper pour de rire, commander pour de faux. J'avais, derrière des haies, joué au mariole et à la guerre, bariolé de maquillage ; j'avais marché sur des routes pacifiques, où la seule bravoure consistait à ne pas s'endormir. Les lieutenants qui, selon le ministère de la Défense, me valaient, me valaient exactement, n'avaient vécu que des derniers soirs et des ultimes matins. Eux s'étaient battus ; ils avaient affronté la rage des obus et la furie des bombardements. La terre s'était soulevée autour d'eux dans le crépitement de mitraillettes invisibles, criblant l'air frais autour de leurs camarades – quelques secondes auparavant, ces camarades étaient des vivants avec encore un peu d'eau dans leur bidon et un peu de jours dans leur existence, mais leur regard, soudain aussi expressif qu'un orteil, attestait qu'ils étaient désormais coupés de l'action, qu'ils n'interrogeaient plus la vie, que l'étonnement les avait quittés. Ces fraîchement morts, insensibles à tous les effarements, ne suivraient plus leur brigade que sous la forme d'ombres naissantes. Vers le soir, rangés par taille croissante tout en haut du ciel, au milieu d'un grand nuage rouge, ils observeraient sans broncher les attaques, les embuscades, les assauts d'un ennemi qui n'était plus le leur.

J'étais aspirant – aspirant est le premier grade de lieutenant ; dans le fatras verdâtre des pampres, parmi tel bois moussu où les branches craquaient sous nos pas, je me souviens d'une petite sépulture orpheline sur laquelle on ne pouvait tomber qu'en s'égarant. C'était une borne craquelée, de grès, endormie sous des végétaux bleus et installée sur une litière de feuilles mortes. On pouvait y lire cette simple inscription :

ASPIRANT CORVAL
1916

Corval était mon collègue, mon confrère, mon frère – il eût pu être moi maintenant ; j'aurais pu être lui hier. Ce lieu absent du monde, abrité sous la veste brune des bois, l'avait élu pour toujours. Il se trouvait dessous, dans un pantalon rouge à bande bleue, les os mouillés – il patientait depuis quatre-vingts ans sous cette adresse extraordinaire. On l'avait enterré avec sa gamelle, un peu de linge, son pistolet – son paquetage. Beaucoup de vent, depuis beaucoup d'années, avait fouetté cette pierre qui était sa pierre. Corval n'habitait pas de ces monuments qui concluent les grandes routes blanches et entretenues, bordées de fleurs tristes, que les nations fabriquent pour qu'on visite les enfants morts de la patrie. Aucun soleil doré ne parvenait jusqu'à son caillou. Qui avait été le dernier, avant moi, à surprendre, parmi le silence exagéré des écorces et le parfum des résines, ce linceul de rien du tout ? Quand, lassé de la mort, Corval perforait sa stèle avec un œil, il entrevoyait les étoiles à travers les branches, puis retournait s'éteindre, engoncé dans son sacrifice, réfléchissant dans le grand calme de sa mort glorieuse à son destin ; il remontait le temps jusqu'à son calvaire, rêvant d'éteindre l'instant de sa mort. Même « décédé », il ne se résignait pas à mourir ainsi, d'une mort inévitable – d'une mort qui n'était pas facultative ; d'une mort qui n'était pas *la sienne*.

Je commençai un roman, parfaitement raté, dont l'aspirant Corval était le héros. N'étant pas n'importe qui (j'étais un lieutenant comme Péguy, doublé à présent d'un grand gombrowiczien), je m'autorisai tout, mêlant les registres, exagérant les incohérences, multipliant les anomalies. Je cherchais non tant à produire une vérité, quelle qu'elle fût, qu'à reconstituer le génie d'un autre (un auteur polonais qui, lui, n'avait cherché à imiter personne). Je n'avais rien compris à ce que signifie « écrire » ; il s'agissait d'abord pour moi d'en imposer. Je tentai à travers le destin de Corval de décrire la Grande Guerre : tout dans ma prose boursouflée sonnait faux : débit de mots creux, amoncèlement de fadaises. J'en lus des extraits à Ross ; Ross bâilla.

Mon principal défaut avait été (je détruisis le manuscrit) de plaquer une documentation fragmentaire sur la grandiloquence du débutant. C'est peu de dire pourtant que j'étais fier de ma prose ; mon roman, rempli jusqu'à ras bord d'ambulances, de régiments, de tirs, de pelotons, d'avancées vers l'ennemi, de chars et de cartouches, de combats et de gadoue, de flots de poussière, de gémissements et de hurlements, de colonnes d'hommes, de chars embourbés, de pluies torrentielles, le tout mitonné à la sauce burlesque comme l'eût fait (peut-être un tout petit peu moins bien que moi) mon maître Witold, mériterait tôt ou tard un de ces prix littéraires dont la gloire l'emporte sur celle des escouades de « tombés à l'ennemi ».

Mon manuscrit, un matin, disparut de la chambre. J'accusai Ross qui haussa les épaules. Le chef de corps me convoqua ; sur son bureau, tandis que j'effectuais le salut réglementaire, je reconnus mon tas de paperasses. Il tapota dessus l'œil vitreux ; je revois ses lèvres mesquines, son teint gris, ses cheveux aplatis. Il n'avait pas été ému le moins du monde par ma description, faramineuse, de la petite tombe d'aspirant oubliée dans cette verdure sombre. Mon génie, sans doute trop gombrowiczien à son goût, lui parut tout sauf débordant.

« Vous faites dans le foutre, mon lieutenant ? » me lança-t-il, le regard borné comme un ciel d'automne. « Je vous demande pardon, mon colonel ? Je ne comprends pas. C'est un roman de guerre, comme Jean Rouaud. Jean Rouaud a obtenu le prix Goncourt avec un sujet similaire. » Je compris le malentendu ; mes joues s'empourprèrent. Mêlé à la masse de feuillets décrivant l'horreur de 14, un rogaton d'un autre mien roman, très vite abandonné, avait retenu l'attention du chef de corps : une œuvre pornographique. Inspirée de Sade et de l'Apollinaire des ruts, il y était question de gros vits, de fesses rondes, de muqueuses trempées et de configurations corporelles excentriques. De jeunes créatures, décrites comme voraces, s'introduisaient, là où le permet la nature, des cierges d'église et des légumes saugrenus. S'ensuivait le minutieux compte-rendu d'une partie fine inspirée de Georges Bataille où se mélangeaient, dans un style littéraire au chausse-pied, les sollicitudes les moins convenues et les viandes les moins chastes.

« Le prix Goncourt de la pine, ça existe ? me demanda le chef de corps, dont l'honneur parut écorché. Cela dit, j'admets que vous décrivez très bien les trous de balle. Tâchez de ne pas en devenir un. Vous pouvez disposer. » Je regagnai ma chambre ; j'eusse donné ma solde pour découvrir qui m'avait trahi (je ne le sus jamais).

Je m'amusai à faire tinter ma cuiller contre mon verre en aluminium ; cela porta sur les nerfs de Ross, qui entreprit de me dire en face « mes quatre vérités ». Il est sur Terre des jours vides, où rien n'advient, des heures semblables au pollen, qui s'évanouissent dans le vent ; d'autres au contraire où tout, le bonheur comme les tourments, s'accumule, conférant aux instants une densité lourde, le sentiment puissant d'être vivant. Ross établit la liste de mes défauts, dont le plus grave était l'égocentrisme. « Tu ne t'intéresses qu'à ta gueule. Le reste n'existe pas. Les autres sont pour toi des abstractions. Si encore tu étais intéressant… Mais tu ne l'es pas. Tu es un sale con. » Je lui balançai mon verre au visage ; nous nous battîmes – aussitôt je me dois de rectifier cette expression, puisque à la vérité je me précipitai sur lui pour lui mordre le lobe de l'oreille, jusqu'à le lui perforer. Après m'avoir traité de « malade mental » et menacé de se plaindre à l'autorité, épongeant le sang qui ruisselait sur son cou, il me demanda pardon. Je lui passai de l'antiseptique sur l'oreille ; le crépuscule, derrière les vitres tachetées de moucherons écrasés, traçait de grands rubans de pourpre (et d'or).

13. – Les heures étaient vides ; il n'y avait aucune guerre à l'extérieur de mon bureau, hors celle qui se déroulait en « Yougoslavie », artificielle entité fabriquée de toutes pièces par la dérisoire folie des hommes. Des cumulus s'empilaient dans le ciel. Un massif de lauriers me procurait une nausée douceâtre ; le vent sifflait. La cour était lavée. Je me considérais comme un incomparable nain, un petit être somnolant, imbécile – invisible. Dans la fourmilière du globe, ma vie, inconsistante, se déroulait sans que nul y prêtât attention. Un halo de soleil rendait la journée cimenteuse ; elle se consumait comme un bâton d'encens. Je n'attendais rien du présent : je plaçais dans l'avenir quelques forces désabusées, qui me faisaient cracher de misérables mots sur du papier. La littérature n'était pas faite pour ce décor. Rien dans ma vie n'était advenu qui pût m'ébranler au point de me faire accoucher d'une forme de génie – quelle qu'elle fût. Je m'agitais pour rien.

Derrière les vitres sales des fenêtres en saillie où ricochaient les saisons, des hommes kakifiés révisaient l'ordre serré en vue d'une commémoration ; je regardai le sergent-chef Mulard, son cou décharné, sa face décrépite. Mulard avait vu sa fille se noyer sous ses yeux, emportée par le courant dans les terribles eaux de la Durance. La vie, à court et moyen terme, m'apparaissait, tandis que je rédigeais les ordres du jour pour la semaine à venir, comme une affaire médiocre ; je reléguai l'existence loin dans l'avenir, le plus possible – je me catapultai sur des années dont l'échéance était si étendue que les noms mêmes de ces années, situées au vingt et unième siècle, semblaient provenir d'un roman de science-fiction.

J'imaginai la fille de Mulard se noyer, se tordant dans les vrilles, empêtrée dans la vitesse de la rivière, happée par le lustre ondoyant. Je me saisis d'une guitare sèche – désaccordée. Je me mis à gratter quelques accords mal assimilés que ma mémoire tentait de reconstituer à partir de doigts observés sur des plages, dans les couloirs du métro, sur un morceau de trottoir, dans les rares vidéos que j'avais pu voir de B.B. King. Je reposai l'instrument, qui, comme toutes les femmes que j'avais approchées jusque-là, ne voulait pas non plus de moi.

Je jouais avec mon béret, le faisant tourner en toupie autour de mon index tendu. Je me situais dans un trou du temps – une béance. Je donnais des ordres, j'en recevais ; cette manière de communiquer était une façon d'esquiver l'existence de l'autre, de s'en approcher pour l'abandonner. La camaraderie, à l'armée, existe : elle est trop empreinte de fierté ; au-dehors, cette fraternité existait moins, faite de mépris, bâtie sur l'astuce. J'étais trop fragile pour sortir de la caserne, malgré que j'y étouffasse. Ici, j'étais protégé – les voix n'étaient que des éclats de voix, les présences, des ombres et la nuit, dans les bois, en patrouille, les étoiles apparaissaient *vraiment* ; les regards s'y accrochaient. On sentait une brusque remontée de souffle, revenue des ténèbres, nous rappelant que, même sans guerre, nous étions des soldats, c'est-à-dire des hommes indistincts – c'est-à-dire des hommes.

Dans la loquacité des villes, perdu parmi les responsabilités, les rendez-vous inutiles, je ne trouverais point ma place ; me manquait cette noirceur fondamentale d'où sourdent les chefs-d'œuvre. L'officier de permanence, ce dimanche-là, me fit appeler ; il me demanda illégalement de le remplacer. J'acceptai. Mal m'en prit. Le maréchal des logis Houssaye vint m'avertir aux alentours de minuit que le bigor Cancalon manquait à l'appel. Cancalon, que le reste de son contingent avait surnommé « Mouche-qui-pisse », était un apprenti mécanicien originaire de Nyons. Il suait souvent à lourdes gouttes ; il possédait des bras courts, un corps épais ; son teint malade tirait sur le jaune. Il faisait partie de ceux dont on disait qu'ils ne « percutaient pas ».

J'appelai la gendarmerie pour signifier cette disparition – dont le nom usuel en ces murs était « désertion ». Cancalon avait « déserté » ; je cherchai en vain sur sa fiche le numéro de téléphone de ses parents ; à deux heures du matin, inutile de les appeler.

Mouche-qui-pisse, appelé par les instincts de l'amour, avait fait le mur, empruntant un escabeau ;

il s'était écorché aux tessons de verre disposés sur la muraille de l'enceinte ; il avait couru dans les rues noires. Sa petite belle – Émilie – l'avait supplié de le rejoindre à Paris ; Cancalon, bien que son surnom l'eût autorisé à battre des ailes, avait inscrit sous son crâne plat, parmi d'autres projets nébuleux, de gagner à pied la rue d'Enghien, Paris X^{e}, sise à deux cent soixante kilomètres de distance de la caserne, où le provisoire amour de sa vie l'attendait dans un hôtel de passe. Vêtu en civil, le bigor marcha une partie de la nuit. La gendarmerie le récupéra au petit matin, endormi à l'orée d'un bosquet où, voulant faire une courte pause, il s'était lamentablement écroulé.

Cancalon fut mis au trou. Il demanda à me voir. N'étant pas son chef de section, sa requête me parut incongrue ; j'y donnai toutefois suite. Recroquevillé dans ses larmes, le regard poussé jusqu'au fond du désespoir (le désespoir n'a point de fond), il se mit, les traits congestionnés, à genoux devant moi, joignant ses mains potelées dans la position de la prière. Chez le croyant, ce geste, dans la relation immédiate qu'il érige entre le Ciel et la Terre, maintient la vibration du monde et signe les soubresauts de la misère ; chez l'athée (ce qu'était Mouche-qui-pisse), cet agenouillement, déconnecté de ses méditations et de ses fulgurances, coupé de ses convictions mûries, arraché à l'orbite de sa vérité, ressemblait à un déploiement dégoulinant de sentiments creux, au vrombissement de la mouche qu'il était en train de devenir, faisant se jeter tel le fleuve dans l'estuaire sa véritable personnalité dans son surnom (à moins que ce ne fût l'inverse). Cancalon sanglotait, suppliait, se roulait par terre : « Mon lieutenant, par pitié. Laissez-moi sortir ! Laissez-moi la voir. » Insensible à telle mièvrerie grimacée, cette attitude me tournant le cœur, je restai impassible ; pis, je me montrai sévère, avertissant le bigor que cette manière de s'humilier serait elle aussi susceptible de sanctions.

La nuit qui suivit, Cancalon fut transporté d'urgence à l'hôpital ; il avait tenté de s'étrangler à l'aide d'un lacet de rangers qu'il avait dissimulé, le coinçant dans sa bouche contre sa gencive, au niveau de la lèvre supérieure. L'officier de permanence, l'aspirant Labuda, par pur miracle, était arrivé à temps. Cancalon avait voulu rejoindre la « femme de sa vie » parce qu'elle avait accouché la veille, dans sa chambre d'hôtel, assistée par une « amie infirmière ». Inexplicablement, la jeune Émilie, chassée de la cellule familiale à la suite d'une mésentente douteuse avec son beau-père, avait ainsi, en pleine fin de vingtième siècle, mis un enfant au monde dans des conditions dignes du dix-neuvième. Mouche-qui-pisse avait déserté pour aider à la naissance de son fils, « Édouard », dont le placenta refusa de sortir par l'action seule de la contraction utérine.

« Édouard », auquel je mets des guillemets parce qu'il ne vint au monde que pour y mourir, était déjà bien engagé dans le vagin ; il eût suffi de deux doigts, trois peut-être, pour s'en saisir et l'entraîner jusqu'au dehors, ce dehors où les hommes coexistent, où le temps s'écoule – où le soir simplifie les choses. « Édouard », qui n'est que le prénom d'un placenta, fit une trop légère saillie dans l'orifice utérin ; les doigts de « l'amie infirmière » ne suffirent plus – elle paniqua, arracha l'imminent petit cadavre, encore bien vivant, avec une brusquerie malheureuse, le vrillant sur lui-même à la manière d'un linge mouillé qu'on tord. Elle déchira l'enfant, s'acharnant sur le fœtus, répétant ses mouvements furieux, ses manœuvres aberrantes, au milieu des cris de la « mère » qui, sur son drap de sang rose, perdit connaissance à l'instant même où son « fils » perdit la vie.

Tout, dans cette chambrette, du jour même où elle avait été construite, puis meublée, empestait le dernier soupir. Le soleil n'y avait jamais pénétré que pour flétrir la face de ceux qui s'y étaient endormis ; rien n'y avait jamais rayonné que la mort – des millions de morts tenaient dans le petit placard piqueté. Des sorts fatals s'entassaient sous le lit métallique. Cette chambre avait été conçue pour qu'on y meure ; des vivants successifs en avaient fait les frais. Le jour où un cancer se déclarait en eux, qu'un accident les fauchait, c'était leur passage dans cette pièce – un réduit – qui venait réclamer son dû dans un restant d'éclat roussâtre. Je ne fais que relater la croyance de Mouche-qui-pisse, qui m'expliqua dans les détails pourquoi, le jour où il était entré dans ces quelques mètres carrés aux rideaux orange et au sol défoncé, il avait compris « qu'une puissance s'était mise en action ». Sa prière, son agenouillement, ses larmes, voilà que, rétrospectivement, je les respectais, les admirais – ce soir-là, dans telle cellule, j'avais profané les larmes d'un père sans fils et d'un formidable fils de Dieu.

14. – Je décidai, ce vendredi-là, de procéder à une revue de casernement, tâche que j'abandonnais généralement aux sergents ou aux caporaux. Je passai dans la chambrée, impitoyable et maniaque, auscultant les casiers, la propreté des linges, inspectant les sacs, vérifiant l'état des uniformes et la situation des sanitaires. Les lits mal faits, je les fis refaire. J'annulai cruellement deux ou trois permissions pour d'« inadmissibles manquements aux règles de l'hygiène ». Cela procédait strictement de la méchanceté : ma propre chambre se fût fait recaler lors de ma propre inspection.

J'étais d'humeur morose. J'avais eu la mauvaise idée, quelques jours auparavant, d'écrire à Irena Domack. Une longue lettre amoureuse dans laquelle, tout en décrivant les désagréments du régiment et les soucis qui m'y affligeaient, j'avais évoqué des actes héroïques, tous imaginaires évidemment. Je voulais qu'elle m'imaginât roulant dans la poussière, puissant dans les vacarmes d'une guerre, en permanence effleuré par les balles de l'ennemi ; je lui fis accroire que j'avais passé un mois à Sarajevo, commandant ma section parmi la majesté ruinée du monde, saignant derrière des éboulis. Mélangée à la mort, une sensation de rouille dans la bouche, j'avais patrouillé, le treillis sali de boue, dans les rues dévastées de la ville, où les gravats qui craquaient sous mes pas, imitant le bruit des céréales crépitant dans le lait frais, étaient recouverts du sang des enfants morts.

J'avais suggéré à cette inaccessible créature que jamais je n'avais intéressée, sous la dictée d'une imagination que je n'obtenais point dès lors que je produisais un lambeau de « roman », l'idée d'un homme à côté duquel elle était – scandaleusement – passée : un guerrier en danger dans le blanc matutinal du brouillard bosniaque. Par ce subterfuge – la mythomanie –, me prêtant des aventures que ceux qui les avaient vécues m'avaient contées dans les détails, je comptais qu'Irena parvînt jusqu'à moi comme la marée jusqu'aux orteils : dans un chuintement lisse, calme, naturel. Sa réponse (« Super, mais j'ai un copain ») me fit beaucoup de mal. Là où elle était, elle n'avait besoin ni de moi ni de nouvelles de moi. Lisant ses mots, je vis cette beauté s'évaporer de mon avenir comme elle s'était évaporée de mon passé. Elle repartit flotter au loin, inaccessible fumerolle.

Ainsi que le font les ratés, les aigris, les éconduits, je m'étais vengé sur des innocents ; j'avais puni un lit défait, un froc souillé, des BAB hors de leur misérable boîtier, pour oublier les météos de mon cœur perforé ; la fumée d'Irena continuait de lutter pour sortir de mes poumons, me reléguant à l'oubli, m'abandonnant pour toujours, me laissant me débattre dans la lumière sale de Verdun. Je m'étais voulu héros : me voici, maculé de honte, épaules basses, grommelant de minables imprécations.

Le soir, au mess, j'assistai aux déblatérations du lieutenant Larchet ; il raconta comment il faisait jouir sa femme, les femmes de ses amis, toutes celles de l'univers, qui roulaient jusqu'à lui comme des boules de bowling. Larchet, entré tardivement dans « l'active », se vanta de s'intéresser à sa nièce, un tempérament sexuel hors pair selon ses dires, mais dont l'âge n'autorisait pas aux yeux de la loi les troubles exploits qui, tandis qu'au dessert je jouais avec mes fraises dans un reste d'écœurante chantilly, nous furent fort cliniquement narrés.

À côté de lui, assis en face de moi, le sous-lieutenant Fralon d'Aubenoy (parfait contraire du type sensuel) établit en une pénible compétition la liste des assauts que son instinct lui commandait pendant ses permissions ; ses audaces charnelles furent longuement étalées. Chacun était suspendu à ses lèvres, envieux de ses frasques, tels ces loqueteux observant les festins derrière la vitre des restaurants. Il suspendait ses maîtresses au plafond ; déguisé en héros de péplum, il les ornementait des guirlandes de sa semence jaillie. Il paraissait éberlué par ses propres audaces.

Le capitaine Bouilloux, qui commandait la troisième batterie, y alla lui aussi – l'œil scintillant – de son épopée ; il parcourut non sans obscénité les environs de ses vices, abusant de minutie dans le constat de ses compétences. Prompt à l'exagération, il transformait le moindre vent coulis en cyclone, faisant crever le plafond du mess par les spectres de ses surabondants trophées, qui tous se mirent à pleuvoir sur nous. Il avait tout fait, se cachant dans des placards à l'arrivée d'époux menaçants, se joignant dans les catacombes à des orgies muni de son dobermann Prospero, jouant du fouet – masqué – dans des châteaux en ruine jusqu'au petit jour, s'inscrivant à des orgies sadomasochistes dont les participants devaient contractuellement s'accorder avant que de s'abandonner aux plaisirs qu'ils convoitaient.

Je sortis marcher le long de la Meuse ; une odeur de truite éventrée rôdait dans le vent douceâtre. La nuit rangeait les choses à leur place ; la ville fermait. Les gens se capitonnaient anxieux derrière d'épais volets : tout était vêtu en costume de deuil. L'odeur de truite céda la place à des remugles de vieux chien putréfié. Je vomis dans une impasse dont les pavés, bouffés par les herbes, étaient recouverts de moisissures brunâtres. Je maudissais ma passivité ; j'avais imperceptiblement fini par accepter de devenir ce que j'étais – un rebut. Un être perdu pour les femmes, habitant l'amour comme on habite le creux des troncs d'arbres. L'amour était réservé aux *autres* ; j'avais beau en ruminer les infinis, en décrire au crayon noir les puissantes fermentations, je ne le connaissais pas ; j'étais à l'extase ce qu'un emplâtre de fiente est à une toile de l'Angelico. Tous autour de moi possédaient ce don de pouvoir approcher autant de femmes qu'ils le souhaitaient ; tous connaissaient la faveur des créatures les plus somptueuses – les plus lubriques – et goûtaient naturellement, comme on met la main dans sa poche pour chercher une pièce, la chair assoiffée des déesses.

L'échec se sédimentait en moi. Je décidai, pulsion folle, d'écrire une *nouvelle lettre* à Irena Domack ; non plus le rapport éberlué de fausses bravoures, mais un rapport froid, chirurgical, enveloppé dans un mouchoir sans larmes, où, avec la sécheresse d'un lépreux, je lui lancerais mon néant à la figure comme on se loge une balle dans la tête. Je me suiciderais en elle, à l'aveu – celui d'une jeunesse gâchée par la poisse. Le soir même, insensible aux ronflements réguliers de Ross qui habituellement faisaient une boule de mes nerfs, je rédigeai, dans un style à couper la viande, ma lettre à cette « amoureuse » qui m'eût préféré totalement mort à Sarajevo que partiellement en vie à Verdun. Ce courrier s'adressait moins à « Irena Domack » qu'à ce petit homme au futur pétrifié, sans renaissance possible, dont chaque jour passé sur la Terre possédait la texture d'un crachat.

J'étais en train de régler une histoire de vol de billet de cinq cents francs (une majorité de mes bigors avaient à tort accusé le grenadier-voltigeur Yayahoui du forfait) lorsque le vaguemestre, une semaine après ma suicidaire missive, m'apporta une lettre de petit format, enveloppe couleur bleu fade, sur laquelle s'étalait, de biais, une écriture rondouillarde et alambiquée. C'était Irena Domack. Sans l'ouvrir, le cœur battant, je rangeai le précieux pli dans la poche supérieure de mon treillis, le plaquant contre le petit carnet de notes à la couverture orange qui, loqueteux, ne me quittait jamais (j'y inscrivais jusqu'à l'obsession des incipit de romans qui, la deuxième phrase achevée, aussitôt me démotivaient).

Je redoutais comme le diable le contenu de cette enveloppe – il possédait à tout instant, telle une ampoule de cyanure, la faculté de m'achever ; ou plutôt – l'image s'avère mieux adaptée au vu du contexte – telle une grenade dégoupillée dont le pouce exerçait encore une pression sur la cuiller. C'était ni plus ni moins que mon propre suicide que je tenais dans la poche. Je jouai pendant plusieurs jours avec l'idée de l'ouvrir, jonglant avec l'hypothèse de m'écrouler devant mes hommes. L'idée de jeter la lettre dans la Meuse, dans les toilettes, à la poubelle, de la brûler, me vint mille fois à l'esprit – mille fois je reculai. J'appris à cohabiter avec cette présence posée doucement sur mon torse, qui tantôt me brûlait, tantôt m'apaisait – pourquoi n'eût-elle pas contenu, comme une dernière cabane peut sauver la vie dans les très hautes altitudes, un espoir inespéré ? Même quand je portais mon pistolet automatique à la ceinture, la seule arme qui me semblait sérieuse était la réponse de cette fille-amoureuse-d'un-autre. Il est des femmes fatales ; Irena Domack était une femme létale.

Le régiment organisa à cette période un « rallye FETA » (formation élémentaire toutes armes), que nous avions la charge, le sous-lieutenant Fralon et moi, d'organiser ; cela permettait d'évaluer les compétences et les progrès de chaque appelé dans les matières au programme : combat, camouflage, transmission, secourisme, aptitudes à la décision. Tandis que je suivais une brigade, scrutant pour les noter chaque réflexe, chaque geste, je glissai, chutant dans une mare qui s'avéra un bourbier ; je m'enfonçai jusqu'à la taille – immédiatement je pensai à la lettre, dont la lecture me serait interdite à jamais. Aujourd'hui encore, les jours de mélancolie, je m'invente les mots qu'elle renfermait. Cette réponse à mon courrier téméraire parvient encore à capter la lumière de certains matins, m'irradiant de son mystère, tel le métal des bijoux sous le flot marin.

15. – La chaleur augmentait. Les montagnes, jaunes, semblaient des morceaux arrachés au soleil et plantés dans la terre. Les chars, prêts au tir, ressemblaient à des brontosaures endormis. Pas un souffle de vent. Rien qu'une monotonie brutale, écrasée de canicule ; une chaleur mal lavée, obèse, qui figeait les troncs calcinés des pins, la roche et les touffes de thym – aux parfums agonisants – dans un implacable recreux de néant. On eût dit les chaleurs vacillantes d'une fin de monde. Les pierres, blanches comme des nappes de messe, étaient polies par la brise. Nous étions prisonniers d'une invisible main qui sortait des braises pour nous soulever et nous poser sur le décor. Nous restions prostrés gueules rougies dans la fournaise, suant comme des arrosoirs devant cette mer sans eau, infinie dans son roulis figé de cailloux brûlants, face aux vagues inexistantes. Des noyés de la pierre.

Le sergent-chef Lesudre, qui ne m'appréciait pas, vint me trouver tandis que je vérifiais, trempé, l'inclinaison des canons. C'était un géant aux cheveux couleur de sable, dont l'envergure physionomique contrastait avec l'ossature intellectuelle. Il posédait de grosses poignes poilues arracheuses de pain, promptes, l'heure du casse-croûte sonnant, à faire jaillir sous la lame du canif des copeaux de jambon fumé. Il avait le regard vitreux, embrumé d'animosités floues, et se fichait qu'on opposât au motif de ses haines des arguments rangés. Il jurait comme un étameur et crachait comme un maudit. Ses oreilles cramoisies, plantées comme des cornes dans son crâne rencogné, participaient très largement à sa laideur. Les pouces sous le ceinturon, l'œil clair – son regard trahissait une vacuité de bidet –, il abaissa sa lourde lèvre inférieure et me lança : « Vous êtes un traître, mon lieutenant. »

Abasourdi par cette saillie, je demandai aussitôt, avec l'autorité la plus autorisée par ma position, de quel droit il employait ce ton à mon endroit, d'une part, et d'autre part, quelle pouvait bien être la cause d'une si absurde allégation. « Vous avez dénoncé Schneider ! » Le major Schneider jouissait de l'extraordinaire privilège d'être le meilleur ami de Lesudre, amitié placée presque exclusivement sous le signe de l'excès, et dans laquelle le rhum et la liqueur de prune jouaient un rôle que les années n'avaient su diminuer. Les deux compères goûtaient aussi les « shots » de tequila : alignant sur le zinc des petits verres arrondis comme des soldats de plomb, disposant des granulés de gros sel sur le dos de leur main qu'ils pourléchaient avant que de croquer dans une lamelle de citron, ils vidaient cul sec les dés alignés. Une fois anémiés, ces êtres incapables d'abstraction, unis par les seuls liens de la bouteille et du treillis, restaient plantés tels deux mâts mutiques dans l'insurpassable béton de leur bêtise.

Ivres, ils reluquaient les femmes frôlant leur titubante trajectoire ; ils les abordaient avec brusquerie, l'œil miraculeusement ranimé par une concupiscence viscérale et, sous la dictée de leurs viandes, n'hésitaient jamais à s'extraire de leur *éther* brumeux pour plaquer, accompagnant cette gestuelle des jurons adéquats, une de leurs mains sur un cul.

Engoncés dans leur terminologie d'ivrogne, désespérés (du fond de leur semi-coma) des mauvaises vibrations amoureuses de l'air, ils répondaient à l'indignation de leurs victimes par d'irrépétables fulgurances. Le faciès congestionné, Lesudre piochait dans les affreuses réserves de sa bile un sien crachat, salement millésimé, qu'il catapultait jusqu'aux courbes lisses de ses proies insultées. Schneider, rampant au sol comme jadis à Beyrouth (mais pour des motifs désormais perpendiculaires à la gloire), usait pour sa part d'un dictionnaire spécialement rédigé à l'intention des malpolis, qu'un mauvais ange échappé des tinettes venait placer sous sa rétine imbibée. Le major multipliait alors à l'endroit de la gent féminine, l'esprit écrasé par l'enclume rudement solide de tous les liquides absorbés, les expressions les moins propices à satisfaire la paix des sexes. Dans le flux des physionomies qui passaient, ce butor ne manquait jamais de reconnaître sa mère, décédée trente ans plus tôt, envers laquelle l'abjecte magnificence de son verbe, éclaboussé de mille diarrhées, faisait des merveilles.

Puis la soirée s'achevait sous les étoiles, très loin

de la Sorbonne, où les deux meilleurs amis refaisaient (défaisaient), à force de phrases audacieusement structurées, ce monde dans lequel ils se savaient finalement négligeables. Si Lesudre crachait, c'est qu'il s'était depuis longtemps assimilé lui-même à un glaviot. C'était des flaques de lui qu'il répandait sur le sol.

Titubant de concert, galonnés de travers, le sens patriotique de guingois sous la caboche, ils cherchaient à tâtons, perdus à travers leur nuit noire (se tenant de temps en temps à des rambardes imaginaires), qui ses lunettes et qui son portefeuille. Si une occasion de se battre se présentait sur leur ivre parcours, ils la saisissaient immédiatement, maniant les poings sans nul académisme et se faisant rosser sans aucune exception. Alors, intempestifs au cœur de leur propre typhon, enchevêtrés dans une insatiable envie d'en découdre avec tout être vivant à leur portée, cherchant par tous les moyens à déclencher une épidémie d'hématomes, ils finissaient par se battre entre eux.

Ce dont Lesudre m'accusait, c'était d'avoir dénoncé à mon capitaine son acolyte Schneider qui un soir au « bar » de la quatrième batterie avait, imperméable aux us et coutumes de deux mille ans de civilisation, sorti son sexe de son pantalon. Tournoyant comme une toupie, il avait cru bon d'asperger tous ceux qui l'entouraient. J'avais assisté dépité à ce spectacle moche, faisant au passage les frais du jet. Mais en aucun cas, et d'aucune manière, je ne m'étais rendu auprès de quiconque pour dénoncer cet acte abominable et récréatif.

« Vous vous égarez, sergent. Je vais vous demander

de me présenter des excuses. Après quoi, nous passerons à autre chose.

— Je ne pardonne pas aux collabos, mon lieutenant. Vous avez dénoncé mon meilleur ami, un homme qui a vingt ans de paco. Un soldat de haut vol. Qui s'est battu pour la France quand vous tétiez encore les lolos de maman. Je ne présenterai pas d'excuses. »

Il me planta là, tournant ses talons dans la poussière blanche. Que faire ? Je ne pouvais décemment le sanctionner : oui, ces vieux briscards avaient risqué leur vie au combat du temps que je faisais gentiment mes devoirs au chaud. Mais ne pas agir eût été trahir mes galons – et les sous-officiers vouaient un mépris extrême à ceux qui, soit paradaient au-dessus de leur grade, soit, s'excusant de leur position qu'ils jugeaient celle d'imposteurs, vivaient au-dessous. Il fallait que la fonction et l'homme coïncidassent en une évidence simple, naturelle – souple.

Pendant plusieurs jours, je tergiversai. Je convoquai le sergent-chef Lesudre, qui ne se présenta pas. Je me rendis à son campement et le giflai devant tout le monde. Mon geste avait été impeccable, net, sûr – je n'avais pas tremblé. Lesudre tomba la veste, me sauta dessus et me plaqua au sol. Une pluie de coups de poing s'abattit sur moi. Je plantai mes ongles dans ses yeux, décidé à les lui crever. On nous sépara vite. Je me relevai ; le sol était rose (mon sang l'avait joliment coloré). Nul n'eut l'obscénité de déclarer quiconque vainqueur de cette triste rixe. Bien que l'art de l'énucléation ne fût pas considéré comme digne d'un officier, on me ficha la paix. Lesudre, fraîchement suturé, vint me présenter les fameuses excuses qu'il m'avait refusées.

Le soir, sonné, je regardai le soleil rougir parmi les pierres ; des sangliers passaient. Nous nous tenions rassemblés près de gros camions camouflés. Des charmes aux branches décharnées nous entouraient. Le ciel se composait de bandes parallèles, nettement séparées les unes des autres, qui partaient du mauve pour parvenir au noir total – ce noir où dorment ceux qui ne sont plus, ne suent plus, ne courent plus, ne se battent plus.

La lune se détachait sur la nuit. Des hommes y avaient planté leur drapeau ; ils y avaient fait des prières. Ils avaient envisagé la possibilité de ne pas revenir, respirant leurs dernières réserves d'oxygène en attendant doucement la mort. Dieu, qui n'existe sûrement pas, mais sans doute est, les avait enveloppés de Sa parole : un silence indispensable, absolu, infiniment propagé, rempli de douceur. Ébranlés par cette messe, ils avaient dormi un peu, enfoncés dans la nuit totale. Je pensai à eux, tapant avec une branche morte sur mes rangers blanchies. Bien qu'épuisé, je savais que je ne dormirais pas. Je resterais allongé parmi les ronflements, abandonné à la sensation d'être en vie, tout simplement en vie. Je me sentis jeune. Je pensai à demain. Des larmes coulèrent sur ma joue. Elles serpentaient, me chatouillaient. Quelques-unes progressaient jusqu'au menton. Je ne fis strictement rien pour les sécher.

16. – La quille approchait. Je me fis *in extremis* un nouvel ami en la personne de l'aspirant Barucci. Je ne voudrais pas que ce livre devienne un mausolée, mais Barucci devait trouver la mort en Corse à trente kilomètres de Bastia, percuté par un chauffard dans un virage lors d'une mission de prévention des incendies. Nous parlions de littérature. N'osant m'affirmer comme écrivain futur, je biaisais – par pudeur ou peur du ridicule – en prétendant (c'était lors d'un trajet en P4 qui nous ramenait du mess) que j'aspirais à devenir « journaliste ».

J'avais peur de l'échec. C'était absurde : toute œuvre porte en elle-même son échec – elle est la résultante de ce qui avait été rêvé en vain et que l'écriture, péniblement, choisissant des chemins adjacents, aura tenté d'embrasser. Rêvant d'arriver quelque part, nous parvenons ailleurs – cet ailleurs recouvre une destination inimaginable avant que nous n'entreprenions, riche d'impuissance, le livre prévu. Tout roman habite l'écart entre la chose rêvée et la matière obtenue. L'œuvre est le fruit d'une défaillance perpétuelle. En surmontant le dégoût de ne jamais dire ce que nous voulions dire, quelque chose s'écrit, à notre insu – cette catastrophe, ô miracle, n'en était pas une. La collection des accidents, l'enfilade des déceptions parviennent peu à peu à bâtir une pensée qui nous est propre, mais dont nous ignorions tout. C'est en errant qu'on crée. C'est en glissant qu'on édifie.

Ceux qui se proposent trop de plans, de schémas, de règles, de structures peuvent accoucher de chefs-d'œuvre mais ils se privent de l'énigmatique éclosion d'une plénitude inattendue, de la possibilité de faire jaillir, par le jeu de l'inaboutissement perpétuel et du gauchissement des élans, un univers qui leur doit tout et qui semble avoir été créé par un autre.

Barucci, qui avait jadis commis un début de roman intitulé *Les Beaux Hiers*, appréciait García Lorca et Goethe ; il goûtait aussi les romans policiers. Je ne le suivais pas sur ce point, incapable de m'intéresser au-delà de trois pages à la trame d'une enquête. Barucci était le plus souvent flanqué du sergent Kiesel, une masse muette et têtue, mais humaine et fiable. Il eût aimé écrire un jour sur cette statue de chair qui vociférait dans un langage à peu près inaccessible aux humains. On savait peu de chose de lui, sinon qu'il avait perdu l'usage de son œil gauche – désormais de verre – à Beyrouth en 1983. Nul n'osait interroger Kiesel. Ça ne se faisait pas.

Une origine hétéroclite se dissimulait sous son patronyme germanique, mais le passé ne l'intéressait pas davantage que l'avenir. Le premier lui était une injure, le second, une foutaise. Sa temporalité favorite était celle des ivrognes, des demeurés et des bêtes : le présent. Le pur présent. Il errait à tâtons dans les ornières de l'instant. Kiesel se sentait immortel – et l'était.

Un soir, Kiesel, ne trouvant pas le sommeil, s'était mis en tête d'aller inspecter les bigors de garde. Il devait être trois heures du matin. La caserne était silencieuse. Kiesel flottait sur cette pénombre rigide, dans l'algèbre des bâtiments. Il ne se posait aucune question, ne se proposait pas la moindre réflexion. Il n'eût pas fallu attendre de lui, par exemple – cette nuit-là comme toutes les précédentes et toutes les suivantes –, qu'il parvînt à proposer à la postérité un théorème, une pièce en alexandrins, un programme économique. Mû par l'instinct, il allait. Mais il ne supportait pas (sans doute aurais-je dû commencer par là) qu'on s'exonérât des ordres, ni qu'on interprétât ceux-ci avec la plus petite liberté d'appréciation qui fût. Pour Kiesel, un ordre était un étau. Aucun verset d'aucune bible ne lui semblait plus sacré que le règlement TTA. La parole révélée était celle-là seule qui exhortait à nettoyer son Famas et à récurer les chiottes.

Kiesel fut intrigué par des éclats de rire. C'était le bigor Crespin qui regardait une émission populaire sur une minuscule télévision portative. Kiesel s'était approché puis dissimulé derrière un cabanon où étaient entreposés des pneus. Il se mit à observer Crespin, un Crespin hilare, dont les épaules se secouaient du haut vers le bas et qui émettait de petits couinements de truie satisfaite. L'émission était un show, rediffusé nuitamment, dans lequel l'animateur – un personnage hystérique connu pour son extravagante consommation de cocaïne – n'hésitait jamais à s'introduire des plumes de paon dans le rectum aux fins d'obtenir les ris de l'assistance. Ce trublion « chargé » était ceint d'une bande de « chroniqueurs » qui, pour accéder à la notoriété, avaient recours à de simiesques protocoles. L'un s'était coiffé d'un pot de chambre, l'autre, levant la patte en couinant, avait cru bon d'imiter le caniche ; une trentenaire aux cheveux jaunes exhibait ses glandes mammaires en proposant des potins faisandés sur les dérisoires matadors du « monde de la nuit ». Ce soir-là, il avait été question de la substance séminale des éléphants, de la notion de diarrhée en général et des conséquences apocalyptiques des gaz des bovins sur la couche d'ozone. Le tout arrosé de rires très intempestifs et de grimaces de mascarons.

Kiesel, qui ne supportait pas la télévision d'une part et qui, d'autre part, voyait dans l'attitude de Crespin une profanation de la dignité nationale, entra dans une furie spéciale. D'un bond (cet arbre possédait la vivacité d'un matou) il se jeta sur le bigor effarouché, qui évita de peu l'infarctus du myocarde. La recrue, terrorisée, pensant que « l'ennemi générique » dont on lui avait rebattu les oreilles depuis ses classes était arrivé, fut levé, secoué, catapulté dans la nuit à la manière d'un poids d'athlète. Il hurlait. Le boucan fit s'allumer les fenêtres les unes après les autres. Quelques-uns parvinrent, non sans difficulté, à soustraire un Crespin dûment contusionné par la giboulée de coups du sergent.

Lequel sergent fut convoqué le lendemain et reçut un blâme. Cette sanction le blessa au plus profond de sa chair tricolore. Cette merveille d'obéissance, cette mécanique militaire de haute précision qu'avait toujours été Kiesel se sentit humiliée ; déjà mutique, il se renferma davantage, se retirant, en anachorète de lui-même, dans l'obscurité de son obscurité. D'imperméable, il devint impénétrable. Il n'était plus seulement coi, mais figé ; non plus de marbre, mais mort. Il ne parlait plus qu'à l'aspirant Barucci, par onomatopées, tel un grand singe qui ne dialogue qu'avec son dresseur. Barucci avait vu pleurer ce grand fût teuton décoré de la croix de guerre qui jamais n'avait bronché et avait vu tomber des camarades : une victime de la télévision et de l'incurie, de la rigolade et de l'amateurisme. Deux ou trois fois, il avait maugréé des sentences de mort (traduites instantanément dans notre langue par Barucci) contre Crespin – le mot de « bâtard » avait fini par percer du logos de Kiesel, seul compréhensible par le commun des hommes, pour caractériser ce nocturne amateur de programmes navrants. Puis il était retombé dans son silence comme un gros caillou dans un puits de vase.

La statue s'était fendillée ; Kiesel perdit l'appétit et fit de l'anémie. Il obtint une permission qui ne fit que l'accabler davantage puisqu'il ne l'avait pas demandée (Barucci avait effectué la démarche) et reçut l'ordre, qu'il exécuta sans rechigner, d'aller « consulter ». Lorsqu'il revint, il arborait une mine plus saine. On prétendit qu'il avait bénéficié de relations plaisantes avec une des infirmières de l'hôpital des armées. Un soir, près de l'armurerie, Kiesel prit son élan et s'en alla percuter le mur la tête en avant, à la manière d'un bélier. Il répéta par trois fois cette opération jusqu'à ce que son crâne, selon l'expression consacrée, se fendît. Kiesel était installé sur les fesses, les jambes écartées, usant de borborygmes que, cette fois, malgré sa science, Barucci ne parvint point à interpréter. Des filets de sang coulaient sur le front de l'épais guerrier. Kiesel fut placé en cellule de soins psychiatrique. Nous ne le revîmes jamais.

Je ne l'aperçus que quelques semaines plus tard, vêtu en civil (ce qui me parut une manière de profanation sur sa personne), aux obsèques de Barucci. Il y avait versé des larmes d'enfant abandonné ; Barucci, le drapeau bleu-blanc-rouge posé sur son cercueil, avait fait son entrée en terre sous la lumière crue d'un beau matin d'été. Sa mort avait ouvert un passage à travers les ténèbres de Kiesel, qui avait tenu à « prononcer quelques mots ». Ceux qui le connaissaient bien en restèrent abasourdis : ce colosse sans phrase, cet insonore granitique, ce parpaing taillé dans la surdité de l'*éther*, voilà qu'il désirait, non seulement prendre la parole, mais la prendre en public. Cet homme, auprès duquel les pendus passaient pour des bavards, s'approcha de la sépulture.

Placé non loin de lui, j'atteste que sa puanteur, ce jour-là, atteignait un paroxysme ; ses ongles étaient noirs, son haleine emplie d'éthanol. Ses yeux rougis fixèrent une petite feuille crasseuse qu'il sortit de son pantalon trop court et où il avait griffonné ce qu'il nous lut sans le moindre accroc mais ruisselant de larmes : « Je ne voulais pas te perdre, et je t'ai perdu. Repose en paix, petit frère. »

J'allai le trouver ; je le saluai. Je lui dis mon émotion

en des termes choisis – la fraternité évoquée m'avait ému. Kiesel me fixa droit dans les yeux, laissant échapper un sourire d'enfant. Puis il reprit son masque attristé. « C'est la vérité », lâcha-t-il. Je lui demandai de quelle vérité il s'agissait : « L'aspirant Barucci et moi avons le même père. C'était *vraiment* mon petit frère. Et c'était notre secret. Faites en sorte que cela le reste, mon lieutenant. »

17. – Lors d'une permission, je m'étais rendu à Paris ; j'y avais croisé, lors d'une soirée d'anniversaire organisée par un ancien condisciple du lycée Descartes, une surnommée « Youki », blonde à souhait, vive de regard, bondissante – joyeuse. Le temps d'une festivité, elle m'avait octroyé le droit de m'imaginer presque beau : j'eus la sensation de ne point lui déplaire. J'étais sorti de là le cœur ivre, persuadé qu'en l'abreuvant de références littéraires j'allais devenir son amant. Il était temps que je m'ouvrisse au corps des femmes, au lieu que de les contempler au hasard des rues – juchées sur leurs bottines à talons hauts, fortes de leurs poitrines gonflées de sirop – pour les faire renaître, la nuit mais le jour aussi, au cœur de mes solitaires palpitations.

Youki s'était étonnée de mes cheveux ras ; lui en ayant expliqué la cause, elle exprima le souhait de me voir en tenue militaire. Je lui téléphonai quelques jours plus tard, de l'unique cabine (à pièces) du régiment, et lui proposai de venir passer un week-end à Verdun, ce qu'elle accepta de bon cœur. J'avais réservé dans un hôtel d'une exemplaire modestie une chambre livide aux odeurs vieillies de fleurs de lin. J'étais pressé à l'idée de la satisfaire sexuellement. J'allai la quérir au train du vendredi soir ; son sourire, qui faisait éclater la blancheur de ses dents, me chamboula. Mon désir libidineux se transforma en espérance amoureuse : j'avais droit, *moi aussi*, de partager ce bas monde avec une âme sœur, quelqu'un qui veillerait sur ma mélancolie. J'avais la sensation qu'un ange m'enfonçait un doigt dans le cœur.

Trop timide pour la prendre dans mes bras (j'étais terrorisé à l'idée d'un refus), je proposai de porter son petit sac à dos. Elle fredonna un air gai, ravie de me découvrir « enfin » (je la cite) dans ma panoplie de « petit soldat », puis prit ma main dans la sienne ; je faisais des pirouettes en moi-même, transi, soulevé par la grâce, le pouls battant. Nous allâmes dîner. Ne touchant qu'une solde modeste, je ne pus offrir à ma chérie un restaurant qui l'eût clouée sur place ; du moins avais-je sauvé l'honneur en portant mon choix sur une brasserie vieillotte, mais chic, au décor Belle Époque. Youki proposa que nous sifflions pour célébrer ce moment une flûte de Mumm rosé.

J'avais laissé derrière moi le galérien ; de la vie, on pouvait décidément tirer beaucoup plus que ce que j'en avais tiré. « Je te préviens, je suis folle ! » s'exclama Youki, avant d'émettre l'idée d'aller danser. Abattu par la perspective de perdre de précieuses heures en boîte de nuit, qui plus est à Verdun, je misais tout sur le champagne : il m'en coûterait un mois de solde, mais je ne pouvais me permettre de me retrouver, au lieu qu'au lit, dans la sueur d'une foule agglutinée, incapable de mimer la plus petite parodie de cha-cha-cha.

Youki se saoula tranquillement, prit des huîtres, *deux desserts* et m'envoya des regards divins. Je flottais. Seule l'arrivée, fort dépaysante, de l'addition découpa à la machette l'atmosphère enchantée. Nous sortîmes titubants. J'orientai l'attention de mon imminente maîtresse en direction des étoiles éparpillées comme les diamants d'un collier arraché. Il me fut impossible de la détourner de son envie de dancing ; riant, criant, applaudissant aussitôt qu'une silhouette nous croisait, elle héla un taxi. Nous nous y engouffrâmes. Youki se pressa contre moi, mélangeant son haleine à la mienne, et goulûment m'embrassa.

Je finis par capituler. Elle plaça sa petite main dans mes cheveux ; ses ongles lacéraient doucement mon crâne. « Vous allez vous amuser, les jeunes ? » s'enquit le taxi. « Oui, on va s'éclater ! Et on va faire l'amour toute la nuit ! » s'exclama Youki, radieuse et cuite. « Oui... » répondis-je avec la modestie d'un gagnant du Loto. « Je suis une folle sortie de l'asile ! ajouta Youki en éclatant de rire. Vous n'auriez pas de la vodka ? »

On nous déposa devant une enseigne lumineuse : « Le Tube ». Une file de jeunes déguisés en jeunes attendaient que le physionomiste daignât les laisser pénétrer dans ce saint des saints des prolétaires, des filles mères et des suturés. Peu de couples faisaient la queue, essentiellement formée de célibataires masculins aux trognes mal dessinées, l'air triste, désolés à l'idée, puisée dans une science vécue des probabilités, de repartir seuls à l'aube, les poches vides et la trogne farcie. Tous étaient venus glaner de l'espoir. Les filles s'amusaient déjà à l'intérieur, ignorant les entreprises et les regards, humiliant les courages, fermant la porte aux audaces. C'étaient elles, ces reines, parmi les éclairs phosphorescents des lasers, qui décidaient – qui choisissaient. Elles avaient droit de vie et de mort sur cette misérable cohorte de loulous masturbateurs. Un ventilateur à hélices voulait créer un peu d'air frais dans cet enfer survolté où les potentiels amants se reniflaient la couenne.

Après une quinzaine de minutes à piétiner dehors, nous entrâmes dans la boîte. La piste était remplie. Sur les divans, quelques couples s'embrassaient devant des verres pleins de liquides verts, roses – violets. La musique, assourdissante, se composait de rythmes binaires et de paroles primaires. Aucune érudition spéciale n'était exigée pour en saisir la quintessence. Youki gesticula d'abord devant moi, épileptique et stroboscopée. Rapidement, je la perdis, happée par la houle. Je l'entrevoyais çà et là. Elle me fut ravie par un drôle aux airs de parachutiste, en tee-shirt blanc (ce tee-shirt paraissait fluorescent dans le noir), cheveux en brosse et pif écrasé. Je compris que c'était terminé pour moi. Je devinais Youki par bribes ; elle riait aux éclats, faisait des bonds, passait ses bras phosphorescents autour du cou du musculeux mastard, comme suspendue – lui la ceignait de ses mains énormes, remuant les fesses, ricanant, infiniment persuadé de son succès.

Je fendis la foule, allant me placer face à Youki. Elle me couvrit de baisers. Saisissant son partenaire par la main, elle me le présenta, le couvrant de baisers à son tour. Le regard que m'adressa ce colosse évacua toute ambiguïté. Il venait de procéder à une nouvelle acquisition et n'eût point supporté qu'un intrus cherchât à la lui subtiliser. Je tentai, la tirant par la main, d'attirer Youki vers moi. Elle refusa violemment, soudain grimaçante, me signifiant par une gestuelle saoule – mais claire – que je n'étais rien de moins qu'un rabat-joie. Des bulles de savon commencèrent de flotter sur la piste. Je sortis. Puis entrai de nouveau – tampon sur le dos de la main faisant foi –, jouant le tout pour le tout. Devant son gus qui se renfrognait (il m'eût fait valdinguer d'une chiquenaude), Youki resta sourde à mes exhortations, puis à mes supplications. Ses gestes se firent plus géométriques, plus saccadés, plus impitoyables : elle me demandait cette fois bel et bien de déguerpir. Frotté aux corps, péniblement, je me dirigeai vers la sortie, souriant pour la frime aux inaccessibles créatures que je croisais.

Je rentrai seul à l'hôtel. Je me jetai sur mon lit. Je pleurai. Jamais je n'aurais de femme. J'allais passer dans l'amertume mon séjour sur la Terre. Les oreillers sentaient la misère, les couvertures grattaient, les draps piquaient ; cette chambre était une punaisière. Ma couche, semblable à mes jours, était infestée par la vermine. La douche ne fonctionnait pas (elle avait crachoté un filet d'eau verdâtre), non plus que la chasse d'eau.

Un jour, fermant les verrous, je me cadenasserais dans une semblable chambrette, roussâtre, à l'ampoule grésillante et nue, et resterais cloîtré pour toujours, lisant Voltaire et Corneille jusqu'à l'extinction de tous les feux.

Cet abandon universel, où les hommes commencent leur chute et achèvent leur destin, malheurs après malheurs, j'y étais plongé. Je me cramponnai à la télévision, cherchant sur une des six chaînes à ma disposition un programme qui m'eût provisoirement soustrait à la mort ; je regardai une course de rallye. Les automobiles rivalisaient d'astuce dans la gadoue. L'une d'entre elles, après un tête-à-queue, s'embourba.

18. – Le vent soufflait. Nous nous trouvions en forêt, avec ma section. Je donnais un cours sur la mine éclairante combinée, modèle 58. Une flammèche blanc-jaune éclata alors dans le ciel, sous le regard extatique des bigors. Je creusai un trou qui pût recevoir la mine, en laissant un quart dépasser du sol. Je posai verticalement la mine dans le trou ; j'ordonnai à mes hommes de faire un rembours de terre. Je réalisai les ancrages des fils de détachement. Je dévissai le bouchon de stockage de la mine, retirai le joint qui était resté sur l'alvéole, vissai l'allumeur. Je posai les fils de déclenchement.

« Aucun fil ne doit se trouver dans le prolongement de l'autre. C'est clair ? » Je camouflai la portion de mine qui dépassait du sol :

« Vous effectuerez la pose là où vous verrez de la végétation, pour dissimuler la mine. C'est compris ?

— Oui mon lieutenant !

— Voilà, maintenant je n'ai plus qu'à ôter la goupille de sécurité de l'allumeur. »

Le feu d'artifice eut lieu ; nous n'étions plus très loin du 14 Juillet. Une semaine encore, et j'en aurais terminé avec les mines, les allumeurs, les bagues filetées, les pointeaux, les cônes femelles, les pièces de maintien. Des mots comme « capsule », « vernis joint », « fil d'extraction », « ressort de déclenchement » disparaîtraient de ma vie pour toujours.

Je repris mes explications sur la différence entre les explosifs progressifs, caractérisés comme le nom l'indiquait par une réaction chimique progressive, et les explosifs brisants, qui bénéficient pour leur part d'une réaction instantanée et se voyaient utilisés pour des détonations à l'air libre. J'abordai la question des explosifs primaires, tel l'azoture de plomb, et des explosifs secondaires, nitrés ou nitratés. Je me sentais déjà libre – j'éprouvais du plaisir à manier cette technologie jadis récalcitrante, dont je savais maintenant jouer comme un enfant avec ses cubes. Je n'eusse pas été capable d'enseigner quoi que ce fût en dehors de ces matières-là, que j'avais fini par maîtriser. Je comprenais pourquoi certains ne parvenaient plus à quitter l'armée : le retour dans le civil les coupait du savoir acquis et maîtrisé ici.

Le bigor Seigneuriaux se sentit mal. Je le vis s'accroupir derrière un bouleau, fondant en larmes. Le caporal Franzec s'approcha de lui, auquel je fis signe de s'éloigner. « Je vais me foutre en l'air, mon lieutenant… » sanglota Seigneuriaux. Je revois son nez en trompette, ses cheveux orangés, son menton en légère galoche – les larmes sur ses joues rosâtres. « Ma copine est partie. Avec un autre… » Seigneuriaux donna un coup de poing sur le tronc du bouleau. Il sortit une lettre de sa veste de treillis, me la tendit.

Nous étions en pleine nature ; un chagrin d'amour, parmi les arbousiers, exhalait son poison.

La lettre, rédigée dans une orthographe approximative, était implacable. « Chloé » aimait un certain « Sam », coach sportif de profession qui saurait, affirmait-elle, la rendre « vraiment heureuse ». Je rendis la missive au pauvre Seigneuriaux, qui la déchiqueta et dont il parvint, avant que je ne l'interrompisse, à ingérer quelques lambeaux. Son désespoir me tordait les tripes. Je connaissais bien cette irréparable tristesse qui suit les ruptures. Certes, je n'avais jamais connu d'histoire durable, mais même les rencontres les plus brèves, les baisers les plus furtifs créent, chez les cerveaux fragiles et les êtres en proie à la terreur de l'abandon, un lien qui, malgré son absurdité, augmente avec la progressive certitude de son évanouissement. Je savais par quoi Seigneuriaux allait en passer : les heures de solitude en position fœtale sur la moquette d'une chambre jaunie par l'abusive succession des jours de soleil, à verser des larmes sur son sort, tandis que la femme de sa vie, ou supposée telle, serrerait contre elle le muscle arrogant d'un imposteur dont on souhaite la mort.

Dans d'insupportables numéros d'effusions, Seigneuriaux reviendrait de temps en temps s'humilier auprès de la disparue, de l'enfuie, sur quelque palier, dans quelque entresol, à la caisse d'une grande surface – aux abords d'un parking. Il s'agenouillerait, la supplierait, implorerait sa pitié, s'enfonçant davantage dans la vase. Je savais, oui, quel voyage le seconde classe Seigneuriaux, Bruno, allait faire : les ravins qu'il visiterait, les gouffres qui l'engloutiraient.

« Il m'est souvent arrivé la même chose », eussé-je dû lui confier, mais un étrange besoin d'être autre que ce que j'étais, avais toujours été et ne cesserais jamais d'être, me fit profiter de cette misérable occasion pour bomber le torse et me transformer en dur de dur. Je laissai entendre à mon bigor que, n'étant point taillé dans la même écorce que lui, je ne pouvais que compatir par l'intellect – ma sensibilité, mentis-je, ne s'encombrait pas des péripéties du cœur. En amour, crânai-je encore, il s'agissait, suivant mon incorruptible exemple, de s'ériger en bloc de granit. Je fis une publicité éhontée, frimeuse et grossière de la virilité, avec tout ce qu'elle comportait d'utile pour traverser la vie sentimentale sans les embûches parasitaires rencontrées dans les romans sans envergure. Je lui interdis de pleurer, alors que j'étais l'un des plus frénétiques producteurs de larmes naturelles du globe. J'étais né salé. Dans le ventre de ma génitrice, averti de ce qui m'attendait dehors, j'avais trempé le placenta de mes sanglots.

Devant la fragilité d'un autre, je me construisis une armure inédite, que j'enfilai avec un bonheur intense. On ne s'intéresse pas suffisamment aux larmes, dont il s'agirait d'écrire la biographie. Une histoire universelle, revisitée sous leur filtre, derrière leur rideau de perles, aurait de quoi surprendre. Goutte à goutte, ruisselantes, creusant des serpentins, chatouillant la joue, longeant le menton puis la glotte : le destin des hommes, de Babylone à Daech, revu et corrigé par les pleurs – ceux des cris, de l'horreur, de la mort, des drames ; ceux, aussi, des amours, des émotions, du bonheur, de la joie. Les larmes du début, les larmes de la fin ; celles qui célèbrent, celles qui dénoncent ; celles qui saluent, celles qui concluent ; celles qui disent l'apaisement, celles qui trahissent l'humiliation. Leur anthologie reste à faire. Je commence demain.

J'exigeai de Seigneuriaux qu'il se ressaisît – j'ajoutai : « C'est un ordre ! » ; il se releva. Il se mit, le regard bilieux, à proférer des menaces à l'endroit de son successeur auprès de « Chloé » : « Je vais lui trouer la peau, mon lieutenant, à ce sale juif. » Précédant un geste que j'eusse pu commettre, le sergent Durut – à moins que ce ne fût Chaboulot – frappa Seigneuriaux à la tête, faisant voltiger son béret. Abasourdi, le bigor fixa le sergent et, les lèvres tremblantes : « Pardon sergent. » Ce à quoi Durut – ou Chaboulot – répondit : « Je me le carre entre les couilles, ton pardon. Tu dégages. » Seigneuriaux chercha furtivement en moi, du regard, un allié qu'il ne trouva pas.

Le soir, sous la tente, avant que de m'écrouler, je lus quelques pages de Kafka. *La Métamorphose* faisait partie de ces livres qu'on pouvait infiniment relire sans jamais cesser de s'étonner. Texte perpétuel, comme il en allait du mouvement, texte arraché à une Torah imaginaire, où Kafka disait le juif selon l'exil : exilé de lui-même, arraché à son propre lui-même, jusqu'à devenir absolument autre. L'antisémitisme n'était pas le reproche fait aux juifs d'être dissemblants du reste de l'humanité, mais l'accusation qui leur était faite de ressembler à tous les hommes. Le monstrueux insecte de *La Métamorphose* avait dû muter pour s'adapter à la vision que le monde extérieur se faisait de lui – une vermine – jusqu'à l'inconditionnelle acceptation de cette représentation.

Les jours qui suivirent, Seigneuriaux s'enferma dans un mutisme profond. Je tentai de l'en sortir ; rien n'y fit. Je cessai de m'intéresser à son cas. C'était ma situation qui me préoccupait : j'allais arpenter sans un centime le pavé parisien, à la recherche d'un « avenir ». L'avenir, jusqu'à ce jour, s'était dérobé sous mes pas. L'avenir était le pays des autres. Le spectacle que je m'offrais à moi-même, pareil au sol lunaire, était celui, gris cendre, poudreux, de ce terrain désaffecté, parsemé de morts, qu'on appelle « le passé » bien qu'il ne passe jamais. Ce passé, je l'avais derrière moi, devant moi, avec moi, sur moi – en moi. Il m'habitait autant que je l'habitais. Je vivais dans un mort ; je mourais dans un vivant. Il eût suffi qu'une fille à la peau fine, aux lèvres maquillées, aux grands yeux de sucre, fît son apparition et me dît quelque chose de gentil, pour qu'enfin je me misse à naître.

19. – Le dernier jour de service, un mercredi de juillet, ignorait qu'il était mon dernier jour de service. Il s'était présenté au monde sous sa parure de jour égal à tous les autres, parallèle au temps, évasif, banal, empilé sur les dates. Je me vêtis en civil ; je pliai mes effets militaires. Je les déposai sur le lit, rangers devant le placard. Je saluai Ross – il avait encore deux mois à tirer. Je traversai la place d'armes avec mon sac à dos rempli de livres et de rebuts de manuscrits, pour aller faire mes adieux au capitaine. Il était absent ; je griffonnai sur un morceau de papier deux ou trois phrases parfaitement creuses où je le remerciais. J'allai prendre congé chez le chef de corps, qui me reçut brièvement. Il dressa un bilan positif de mon passage au 3e régiment d'artillerie de marine, puis déblatéra sur le sort de l'armée de conscription, qu'il voyait – à son grand dam – mourir dans les années à venir. L'air grave, les sourcils froncés, il me souhaita bon vent. Sa poignée de main fut sans intérêt.

L'air était doux. L'été se présentait sous d'étranges auspices : je n'étais attendu par personne – nulle part. Je me débrouillerais. Je m'entêterais dans l'écriture jusqu'à finir clodo. « On ne meurt pas comme ça », me répétais-je. Même à la rue – le risque était *réel* – je ferais montre de darwinisme pour assurer ma survie.

Je pris le train sans regarder les horaires. Le paysage défila. Il ne manquait sur les collines désolées, au loin, qu'une jeune femme à aimer. Je passai la main dans mes cheveux ; ils avaient repoussé. Je n'avais rien à perdre. Je ne possédais qu'une paire de chaussures, un pantalon, une chemise, quelques centaines de francs.

Je ne changerais pas le monde et le monde ne me changerait pas. Quitte à n'être personne, autant être soi : je ferais carrière non seulement par moi-même, mais dans moi-même. La seule matière que j'enseignerais – je n'aurais d'autre élève ni d'autre disciple que ma seule personne – ce serait, comme eût dit Gombrowicz : moi, moi, moi. Il s'agirait d'imposer mes tares, de faire culminer mes défauts, de promouvoir mes défaillances. D'être tout à partir de rien.

Je mis sur mes oreilles les *Rhapsodies* de Liszt. Liszt était mal aimé des musicologues, des mélomanes – des musiciens. Sa mauvaise réputation tenait au fait qu'il était prétendument trop virtuose pour être profond. Cette vision des choses m'accablait. La virtuosité se révèle parfois la seule voie que trouve le génie pour s'exprimer ; sans ambages, dans la certitude de sa puissance, réveillant l'intérieur des sépulcres et faisant vibrer les étoiles, la musique de Liszt épuisait les possibles, paraphait tous les solfèges en même temps – elle était volcanique et florale, infatigable et vertigineuse. C'est que Liszt, plutôt que de se mettre à l'abri, de receler ses trésors, préférait lancer ses pièces d'or en direction du ciel, faisant concurrence au soleil. Il n'était pas économe, il dépensait, se dispersait, répandait, germait ; il était astronomique et caressant, volcanique et amoureux. Tout, sous ses griffes, était réduit en charpie furibonde, en pulpe d'orage. Furieux toujours, rassasié jamais : Franz Liszt, dont je me promis d'aller visiter la maison à Budapest, était l'homme qui n'allait jamais se coucher. Ne jamais se coucher, au propre comme au figuré, correspondait au programme que je me fixai en ce jour de quille tandis que défilaient pins, bouleaux, talus, gravats – maisonnées.

Je ne lus pas une traître ligne pendant le trajet, jouissant des paysages fouettés – direction la Sibérie. Verdun s'évanouissait ; je n'y retournerais pas. Dans une sorte de peureuse hébétude, un enfant de cinq ans vint se placer en face de moi, me fixant. Il se mit à hurler. Sa mère le récupéra en me criblant de regards assassins. Je ne réagis pas. L'air vibrait. Le soleil vira au rouge brique. Le train glissait contre la joue du temps. Sur les quais frôlés, des visages aussitôt dissous giflaient la vue : existences simplifiées par la vitesse, perdues déjà dans la campagne morte.

Je regardai les voyageurs. Tous ces individus, ces « salariés » se vivant comme les protagonistes du monde, s'offrant à la réalité comme seuls personnages possibles. J'eus un sentiment de panique en les imaginant un à un s'octroyer toute cette importance, toute cette prépondérance. Tel moustachu cravaté, aux cheveux plats et gras, muni de sa sacoche beige : infiniment convaincu de sa situation capitale, de sa fonction culminante, de son prioritaire statut. Tel gras fonctionnaire endormi, semi-ronflant, engoncé dans son siège devant une bière chaude : parfaitement informé par lui-même de jouer dans l'économie du monde un rôle central et premier. Chaque homme étant, dans ce train et en dehors, parvenu à devenir son unique et propre dieu – cet autothéisme me prodigua une nausée sartrienne.

Dans ma poche se trouvait une lettre de Garabédian. Lui aussi avait passé son temps de service comme élève officier de réserve puis aspirant : chez les biffins, au 35e RI de Belfort. Sa quille tombait le même jour que la mienne. Ce qu'il écrivait était embrouillé mais sincère : il me déclarait son amitié, m'avouant que nos heures rémoises lui avaient parfois manqué. Il estimait en outre, sûr de sa valeur et avec dans le verbe une magnificence artificielle, avoir été un officier exemplaire, dont le départ avait affecté le régiment tout entier. Il me donna des nouvelles de Caillette, entré comme rond-de-cuir au service documentation du Quai d'Orsay. Aucun des deux n'avait encore rencontré l'amour. Garabédian avouait dans un paragraphe touchant que la sensation de solitude, qui l'avait quitté à l'armée, était en train de renaître de ses cendres. Il craignait (ce furent ces mots exacts, j'ai sa lettre sous les yeux) son « retour à une vie insipide, insupportable, absurde ».

« À Paris, continuait-il, les jours sont livrés à eux-mêmes. Ils n'ont aucun goût et puent le pneu brûlé.

Être le subordonné de quelques-uns, tout en subordonnant moi-même, était une équation qui me plaisait bien. Je t'avoue avoir hésité à m'engager : mon père m'a persuadé de ne pas le faire. J'ai sans doute commis une erreur en refusant ; à présent, je sais ce qui m'attend : l'indétermination, les désillusions, la vie adulte et les responsabilités, l'atroce obligation de fonder une famille et celle, plus humiliante encore, de devoir gagner sa vie. Ce que j'ai aimé au régiment, c'est que l'argent n'y existe pas. Ce qui m'attend, et toi aussi mon vieux, c'est une existence vouée aux gosses et au fric. Des semaines entières à envoyer des curriculum vitae et à pousser des portes pour trouver un boulot qui nous dégoûte à l'avance. Je nous plains. Je nous plains car nous sommes foutus. Nous nous sommes fait avoir sur toute la ligne. Ne te fais pas une trop haute idée de Paris : ce serait là une erreur de provincial. Paris, ce n'est ni plus ni moins que Reims puissance mille. On s'y ennuie moins, peut-être. Et encore. Ah… Nous étions mieux dans la boue, à crapahuter. Nous étions mieux sur la poussière des chemins, dans la rocaille, en sueur, avec notre barda, casque sur la tête. Qui sait si cette année de service militaire n'a pas été la plus belle de notre vie ? »

Je n'eus pas le courage de lire la suite, composée de poèmes inspirés de René Char. Garabédian n'était pas un bon poète. Mais il n'avait pas tort sur un point : mon béret sur la tête, les deux pouces sous le ceinturon, j'avais été un homme heureux. Ou presque.

FIN

Du même auteur
chez le même éditeur :

JUBILATIONS VERS LE CIEL, Goncourt du premier roman
LES CIMETIÈRES SONT DES CHAMPS DE FLEURS
ANISSA CORTO
PODIUM
PARTOUZ
TRANSFUSION
PANTHÉON
APPRENTI-JUIF
MORT ET VIE D'EDITH STEIN
CINQUANTE ANS DANS LA PEAU DE MICHAEL JACKSON
LA MEUTE
NAISSANCE, prix Renaudot
UNE SIMPLE LETTRE D'AMOUR
TERREUR
DEHORS
ROMPRE

Au pays de l'enfance immobile

I. ORLÉANS
II. REIMS
III. VERDUN
IV. PARIS

Films

GRAND ORAL
PODIUM
CINÉMAN
RE-CALAIS

RETROUVEZ YANN MOIX AU LIVRE DE POCHE

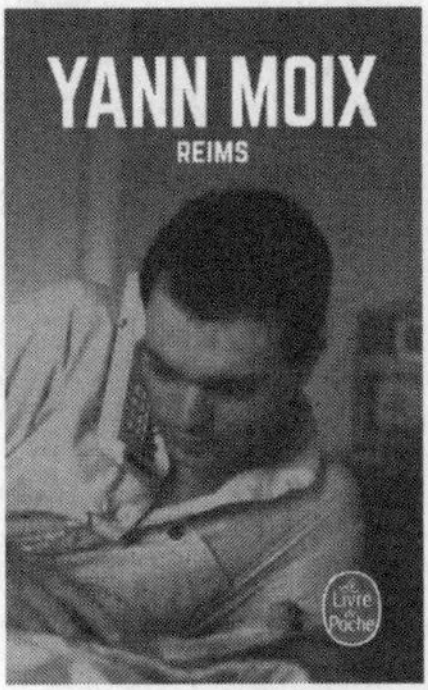

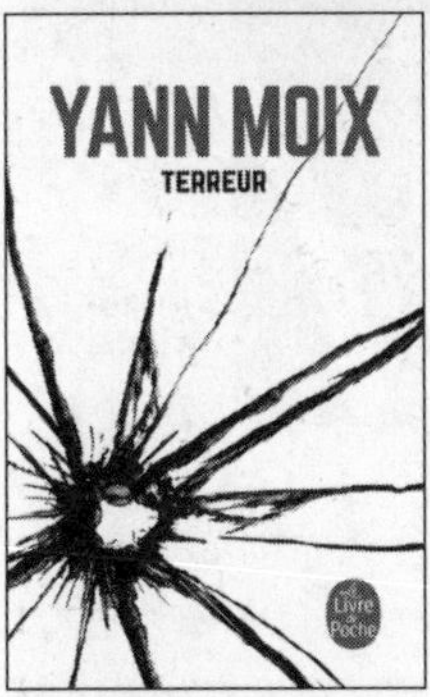

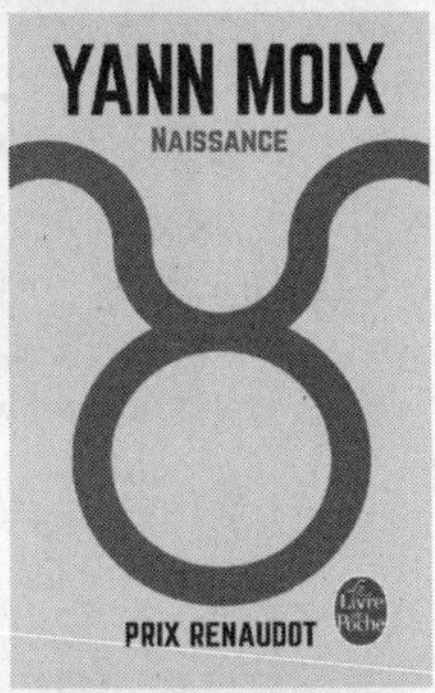

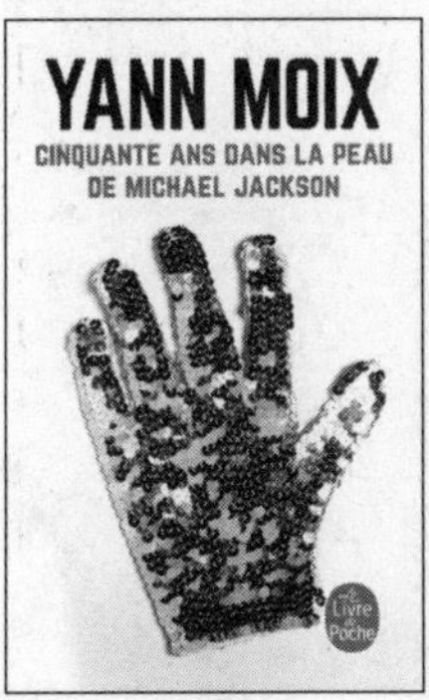

YANN MOIX
Partouz

YANN MOIX
podium

YANN MOIX
Anissa Corto

YANN MOIX
Les cimetières
sont des champs de fleurs

YANN MOIX
Jubilations vers le ciel

PAPIER CERTIFIÉ

Le Livre de Poche s'engage pour l'environnement en réduisant l'empreinte carbone de ses livres. Celle de cet exemplaire est de :
300 g éq. CO_2
Rendez-vous sur www.livredepoche-durable.fr

Composition réalisée par NORD COMPO

Achevé d'imprimer en août 2023 en Espagne par
LIBERDUPLEX
Dépôt légal 1re publication : août 2023
LIBRAIRIE GÉNÉRALE FRANÇAISE
21, rue du Montparnasse – 75298 Paris Cedex 06

62/5936/3